一本漂流的想象志

海童

廖鸿基 著
Olbee 插画

中国工人出版社

梦与海的书写

（简体版序）

每个人一辈子中都与好几个自己并存：众人眼前的自己，独处时的自己，畏怯懦弱和积极勇敢的自己……还有梦里的另一个自己。

每个面貌都有几分朦胧，但确定每个自己的个性都相当有差异。到底有哪些差异，每个人又到底有几个分身？这牵扯的可能是连自己也不曾深入探索的内心世界。也有人说，这与前世今生有关，那更是谜一样的难以究底。

当一辈子走完，一生阅历磨出来的智慧，或许对多样态的自己能有进一步的理解，但我相信，一个人的内心世界如深沉大海，我们终其一生所能翻出来自我探索的，恐怕只是表面波折而已。

梦的书写，是一个让自己留下线索以供日后进一步解析的方便方法。有人说，这就是“自我对话”。

记录的可不是生活琐碎，而是异于寻常的思想、情感及欲想，也许是遥不可及的向往或一场特别的梦，能写下来，就有机会让每个不同的自己发出声音。留下的记录，日后也并不一定都能透彻，但至少有迹可寻。

多年来写了不少关于海洋的文学作品，其中我特别感兴趣的是梦里的自己跟海洋的种种离奇关系。

当我偶尔跟朋友叙述梦境，他们总响应说："你好会做梦。"才发现，海洋梦里的另一个自己如此缤纷多彩。

有人说梦境是现实生活的反射或折射；也有人说，日有所思，夜有所梦；也听说过，梦与现实恰好颠倒的说法；科学家直说，梦是浅眠状态下脑波放电的自然现象。

无论如何，我认为梦是另一个自我透过某种不同于寻常的方式所释出的讯息。

这些讯息通常是跳跃的、变形的、离奇的、混淆的、神秘的，也大多是没根据没来由的超现实景象。

但我觉得，梦是无比自由的火花，让生命能够在无所限制的多维空间里放纵驰骋，没有到不了的界线，没有不能超越的时空。然而，所有的梦追根究底，我发现每个梦境再怎么飞、再怎么飘，都以极纤细也极其强韧的丝线维系在以自我为原点的基础上。

现代文明也许并不重视梦境所呈现的意义，但解梦人，一直在人类历史的开展上占领重要角色。

人类一直有关于洪水、死亡、飞翔等共同梦境，我的梦与一般人最大的不同在于我的梦里有海。

别小看海，并不单纯因为海占去地球表面积七成多，而是海洋将我们陆地生活习以为常的二度空间张放为包括水面底下的三度空间。那么宽敞，那么深邃，那么无常善变的水漾漾空间都成为另一个我悠游进出的场所。

过去多年，曾经在沿海渔船上捕鱼，从事过海上鲸类生态调查，而后规划推行赏鲸活动，曾搭乘多种大小船舶环岛航行或跨洋远航，海洋是我这辈子重要的生活领域，梦里于是有了海，以及大大小小各种奇妙的海洋生物。

过去写的作品更多是航海观察与感想，而《海童》这本书，写的是另一个自己在海洋梦里的生活故事。

梦像火花，灿烂绽放但瞬间闪过，来不及写下的占多数，能留在书页里的只是少许印象特别深刻的梦境。

说来也怪，当我着手写这本书时，几乎一天一梦，如老天赐予。当我完成《海童》创作时，类似这类梦境就不再如此频繁出没。让我一度怀疑，梦是可以透过潜意识或意志力来促成的。当然不可能，只是巧合，是老天帮忙促成这本书的完成。

书中篇章不难读出一些我对海的基本情怀：既畏怯又深情，当渺小生命面对无可透彻理解的深邃与神秘，我是如何戒惧谨慎并深深着迷。书里也不少篇章是自解、自嘲以及对于陆地人世现象的诸多不以为然。

书出版后，有位从事文学研究的朋友说，若能对这部书中的梦境做研究应该会是不错的题材。当然明白，我只是记录，目前也只能粗浅解释这些梦境的意思。也许多年后，当我重读这本书时，应该又能读出一些更真实的自己。

本书有许多光怪离奇的情节，读者读后常问：真的假的？亦真亦假，假的是不合常理的情节，真实的是这些都是另一个我藉由梦里的海所发出的各种声音。

书中也出现许多资料查不到的海洋生物名称，女儿帮这本书作插画时，常写信问我，这是啥，那又是啥？名称不都是人给的吗？我梦里的生物自然是自己给的名称。

常觉得火花似的梦境，是老天给创作者的闪耀灵感，一个人若能收集这辈子的所有梦境，相信这人不是作家也会是哲学家或心理学家。人间世界太具象，是个鼻对鼻、眼对眼的现实世界，幸好另一个我得以在梦境里自得。

也有读者问书中某篇章，是否寓意着什么？作者当然有自己的想法，但读者也有自己诠释的权利。文学作品顶有趣的就是反射作用，或可反射到读者的某段被自己忽略的生命经验，也或许反射出读者从来不曾认识的另一个自己。

如果《海童》这部文学作品必要文以载道说出它的意义，我会说，我试着将个人梦里的海，反射到人间现实的海。海洋不仅存在，而且还无比开阔，给予我们无际想象与无边漂流的机会。

留在梦里，或许悠然浪漫，冒点险将梦里得到的念头在现实世界里实现，这是许多年来我一直在做的事。梦与海的书写让念头成型，再进一步实现梦想，让梦里的火花念头于实际大海里继续漂流。

念头

（繁体版序）

写作多少会有压力，时间压力、要求作品完美的压力。

这些压力在创作过程中往往相互牵扯，相互挤压。《海童：一本漂流的想象志》这本新作，竟然是在几近无压状态下意外完成的。

过去书写经验，写一本书时，至少脑子里会先有方向，甚至是一套完整的写作计划。而《海童：一本漂流的想象志》这本新作，没方向，没构想，没计划，没目的，跟过去的书写经验很不一样。

书中除了三篇源自过去邀稿所写的短文，其他则是半年来“念头”的收集与整理。

二〇一五年七月，女儿 Olbee 为我在“脸书”上设了“粉丝专页”，由她和几位年轻朋友一起协同管理。其实脸书或粉丝专页的功能或经营，至今我仍是一知半解，年轻人给我最单纯的工作，就是供稿和处理些读者响应。

于是这半年来，我随时随手将一些念头写上去。这些随手记下（PO 上）的念头，就成为这部新作的案底。

尽管不少人以为，现代人这类“实时、简短”的沟通方式，是这一代年轻人降低阅读与写作能力的原因之一。然而，使用脸书这种实时PO上念头的记录，半年来，我倒觉得这种书写，对于“实时留下念头”的这方面功能，确实有利于之后的书写整理与发展。

当然，写在纸片或笔记本上的传统笔记方式，也是念头的随手记录，两者差别在于，传统笔记是个人的事，但脸书有发表功能，因为公开（或半公开），脸书自然会讲究一些，成为比较正式的记录。

个人认知的写作流程，当先有“念头”（或称“感受”“灵感”）。但是，念头通常如火花闪现，脑子里的放电现象，错过的、遗忘的，往往比记得的多。手机随身的方便，让念头的记录跟初步整理也跟着方便不少。

一则念头当然不足以为文，但数则念头交迭，再经过整理，就可能是一篇文章的料。实时收集念头，没想到，三个月不到，我已意识到，继续累积，可能就会是一本书的材料。

这一刻起，这本书才算有了书写方向。

于是，再过了三个月，毫无压力地，就累积出这本新作。

因个人生活或思想与海洋密切相关，大多数的念头，无论源自梦或现实，自然而然常落在海洋主题上。又因为是六个月短时间内密集收集的念头，书中篇章主题乍看仿佛散花零落，一段时间后，当我一边回头整理时，一边又发现篇章中自有轨迹，自成脉络。

或许读者会发现，这部作品的篇幅与字数，与过去作品比较，确实是简短许多，是否恰好就落实了一般批评脸书这类书写“实时而简短”的缺点?

不是这样的。

记得去年（二〇一五）出版的上一部作品《大岛小岛》，这部作品写作前，我脑子里原本规划的写作方向，就是书写每篇篇幅五百到一千字的五十篇作品，以尽量简单的文字和简单的表达方式，来呈现海洋寓言效果。后来，在《大岛小岛》书写过程中，我发现，也许自己还不具备这样简单、简短而有深意的表达能力吧。

《海童：一本漂流的想象志》这部新作，可以说是上一部作品构想的实践。

也延续上一部作品，这本新作一样请女儿 Olbee 画插画。

我跟她说：“这本书字数少，所以插画比重就重了。”

意思是，要求她有更好的插画作品。

安静、神秘、宽广、深邃、内涵、流动和暴动，都是海洋的特色，也是海岛不歇不竭的能量和潜力。当生活与海密切交集后，与海洋互为互动的各种念头，便时常在我脑子里放闪。

安静到暴动，低调到轩昂，源自海岛人潜在于生命底层如海洋般的波折和涌动，艺文创作是岛屿能量得以源源释放的美好管道。

半年来，与海有关的这些念头，不时漂流于我熠熠闪闪如海波流动的脑子里，借《海童：一本漂流的想象志》这部新作，如实呈现。

目录

辑一

雨天的海

2

你们一群海洋蒸气粒子飘在一起，聚成云朵，遮了她的光，海洋母体颜色因而深沉几许。

她沉默如常，以坦荡舒缓的呼吸和涌动告诉悬浮在她空中的你们说：“回不回来，什么时候回来，都没有关系。”

空中的你们俯瞰母体坦荡，团团袅袅愈聚愈多，愈是拥挤。

你们跟底下的母体海洋同样是水，只是咸淡不同，浩渺不同，位置高低不同，其中最大的差别，其实是个性和态度完全不同。

当初受阳光暖手招唤，你们兴冲冲蒸发、出走、散逸，纷纷离开母体。

心中虽有不舍，但她也没多说什么。

之后，关于你们的随风飘流，或你们集成湮雨落在山头、平原，或者，因为想念母体想回家而落回海面，她从不干涉，不阻拦，不劝说，不过问，不给任何意见。

就这样，她始终开敞胸怀，任你们来去自由。

她的自信在于完全明白，无论你们逃逸多远，无论你们如何变身、变态，无论你们飘逸得多么零散琐碎，时候到了，该回来的，每一滴，她确信都得要回来。

你们以为的自由逃逸，其实，全在她的掌握中循环。

这天，初聚时，才从旅途回来的你们个个轻快。

碰了面，你们招呼擦颊拥抱，碰碰融融，二而一，四合一，颗粒个体一次次变粗变大。

体重一次次增加，颜色逐渐凝重。

相见不久后，你们在空中已拥挤成沉重的团块。

这时，你们才恍然知觉，这次亲切碰面后，恐怕再也无法继续四处轻盈游荡。

她在底下，心底明白一切，仍然不喜不悲，沉默无语。

你们的心情愈沉重，遮去的光就愈多，底下母体颜色便愈显阴郁。

但她仍沉默无语，也因为无语，反而好像是反复对着你们说："你们可以回来，可以不回来，可以随你们的方便，随你们的心情。"

"那就回去吧。"你们其中一个，贴近海面，攀着底下母体海面扬升而来的风喊了一声。

"干脆落一落才得轻快。"另一个也附和着说。

淅沥哗啦，海面扬起一阵苍脆的水珠子，淅沥哗啦，淅沥哗啦，她的胸脯溅起一株株水栽似的透明秧苗。

来自母体的风，为你们掀起大片雨雾雨帘，从云端悬垂而下，笼罩大片海面。

淅沥哗啦，淅沥哗啦。

回来了，你们一起都回来了。

她仰过身来，让始终埋在水面下的微笑露出海面。

彩　衣

二十岁生日那天，他送你一件彩衣。

这彩衣质地半纱半绸，白底衣色，小浅蓝圆斑不规则地散浮于密布的浅绿条纹间。似短风衣又有几分像长披肩，衣摆宽松，袖底连身。

每回披上彩衣，当你扬臂时，都能感觉手袖连身及衣摆，如蹼翼或鳍翅张举，阵阵飘摇。

送你彩衣时，他说："披上身，想飞多远，飞多深都可以。"

你飞翔的日子，从二十岁生日得了这件彩衣开始。

有次，你邀我一起搭船来到外海黑色海流里飞。

那天，船只迈浪越过好几道流界线后，水色渐深。黑色海流里停了船，你随即披上彩衣，如一只彩蝶，自舷边轻跃而下。

你入水时，彩衣立即发挥作用，海面没有任何一滴水花荡起，也没听见任何扑通水声。

平静入水后，你先浮在船边，左右两下耸肩轻扬，盈了盈、顺了顺彩衣，然后，你贴着海面仰了一下脸，向攀在舷边的我温柔地看了一眼。

相对此时，我想，我的笑容在你眼里若是天空的云朵，你的微笑就是我海面轻柔的涟漪。

你回身弯腰，张举臂翼，两脚并拢轻摆。

海面被你踩出一圈宛若靶心的水纹。

你对准靶心深入，开始飞翔。

暗色水影相衬，你化作一袭漂闪的花白彩衣，愈飞愈深，愈飞愈朦胧。

一定深度后，你不见了。留下隐约闪在我脑子里久久漂颤不息的彩衣。

我将永远记得，这是你飞翔离去的身影。

高　深

他转头跟你说了这句话后，你才整个释然，啊，原来如此。

小时候跟家人去海边玩，有次你傻傻指着某处海面上空说："看，鱼，那里有鱼。"

一开始，家人会停下活动，跟着你傻傻看着你指的方位。

当然看不到鱼，他们便急着问："哪里？""在哪里？""到底在哪里啊？"

你的指头跟你的语调始终坚定："在那里，就在那。"

当家人认真地蹲低一点，更精准地朝你指头指住的角度看过去，这才发现，你指的位置是天空，不是海面。

"来乱的啊。"他们会扒拉一下你的头说。

当你是"放羊的孩子"，没有人再理你。

“啊就真的有鱼，”没人相信，但你还是怕鱼跑掉似的直指着那群鱼说：“一、二、三、四、五、六,一共六条，手掌那么宽，手臂那样长啊。”

如果要你形容一下这六条鱼，你肯定能更明白更细腻地描述这些鱼，因为它们始终清清楚楚地悬浮在你指住的空中悠游。

后来到海边玩，即使看见空中有鱼你也不讲，你知道，讲了也没有人会相信。

随着年纪渐长，学生时代你发现，绝大部分同学在形容海洋时，讲的都是横铺、横阔出去的海，跟你看见的截然不同。

你看见的海是立体的，天空像一面镜子反照海洋，海面沉在底层，游得愈深的鱼，悬在天空愈高。

水面下的深浅，层次分明地全在你的高低天空里铺陈。

有次海边看见海豚从海面蹿出冲浪，你在作文簿描写这情景时说：“海豚从天上冲下来。”

结果，老师在作文簿上的“天上”这两个字打了很用力的红色圈圈，并且在旁边画了一个很用力的红色大问号。

看到老师批阅后的作文簿，其实，你心里的问号，比作文簿上的红色问号更大。

直到当了海人，认识同艘船同是海人的他。

这天，船只经过海峡，你们的船将近岸通过一段高耸陡峭的断层海岸。

倚着船栏，他跟你说：“看，海有多高，山就有多深。”

多少年了，你终于释然，原来，每个人看世界的方式都不一样。

邮　轮

邮轮夜航，破晓前，你特地早起，上顶层甲板看日出。

天色依然一片昏黑，满天星斗，微摇微晃。

没想到，有人比你更早。

阳台甲板面对东方舷边，有个人双手撑着船栏，有点霸气地占了整个阳台看日出的最佳位置。

这人中等身材，身形直挺，长发过肩，身着宽松半长挂深色布衫，脚踩功夫鞋，海风一吹，飘摆的布衫轮廓外，昏黄船灯下，还一下下飘出他垂长的胡髯。

穿着与模样，你直觉，他应该是个打拳、舞剑，练过身子的长者。

当你走近，与他并肩凭栏而立，道了声早，顺便斜眼偷瞄了一眼。

他嘴里应声，礼貌而已，仍然挺挺攀栏，没侧过头来。

背着舱灯，光线里又似乎飘着细蒙水汽，完全看不出他脸上什么表情。但你直觉，他身上有股英气逼人，似乎不是你原来以为的老年长者。

临近拂晓，光影飞速翻转，海面天空纷纷裂开了光的缝隙，天际云朵逐渐都有了轮廓，船边海面横生纹纹皱褶。

你与他并肩倚栏而立，海面景色飞步清晰。

海天斜倾交错，百般迭荡。

海面波峰波谷展手攀搭天空云彩，如天神海神一起抖开双手，海面拂晓风光一下子全翻了出来。

轻薄晨霭依然沉伏海面，犹豫着将散未散。

除了隐隐船声，四方一片寂静。

晨风阵阵抚着舷墙上来，你们迎风而立。

破晓的尖点逐渐迫聚成形，忽而，曦晖乍开，自远天东方刹那间横批掩至你们舷边。

你们所站的高高船顶，率先照满了光。

你们站的位置，好比扬幕开场，投焦灯圈照的一方孤高舞台。

这时，你身旁这位长髯者，忽然自胸腔而喉头，发出一连串音节：“咕噜、呼噜、咕溜，咕噜、呼噜、咕溜。”

12

这声音由三个不同音节为一组，串接成持续的一连串音组：“咕噜、呼噜、咕溜，咕噜、呼噜、咕溜。”

声序绵绵不竭。

这一组音节，前两音低平，第三音挑高，如心电图般跳动的波频。

不难听，也说不上悦耳。

船边飞快翻转的光，因为船上这持续不歇的音组霎时停住了。

晨曦依旧投焦在舷栏边，淋一身光，长髯者仍然挺立栏边，居高临下，依然对着海面，持续发出反复的“咕噜、呼噜、咕溜”音组。

即使你与他近距离并肩而立，但觉得这位长髯者喉里发出的反复声波，并不来自身边的他，而是来自悠扬远方。

你也发现，那不断重复的一串音组，像是在掏挖你脑海中某段声音记忆，而且很快形成共鸣。

那是曾经深山荒野里的某个破晓或黄昏，昼夜跨界之际，你听见许多敏感的生物在这亮度翻转片刻发出啁啾、鸣吼或呻吟。

不全然因为情境骤转牵连出生命深处来自前世的悲伤或

欢喜，可能只为了在这骤变瞬间，相邀以声息默契一起呼吼共鸣。

这一波波绵绵不绝的音组，似乎得了回应，逐渐形成庞沛的音流脉冲，攀搭晨曦，从远方、从船顶，不绝地倾注盘流于海面。

船只左侧三十度，距离约五十米，你转头看见海面跃起一朵雪白浪花。

啊，是条扭身跃水的雨伞旗鱼。

右方六十度角约百米处，激起三四朵白花，是一群齿鰆拍花。

啊啊，正前方，大片大片水花如细碎掌声纷纷的，是一大群哗哗涌跃的青蓝鱼。

咕噜、呼噜、咕溜，咕噜、呼噜、咕溜，一波波、一串串音组呼唤，海面盘旋，持续不辍。

声波似在点名，整个船边，水花鱼跃，如这股音流里一群群受激荡的活跃音符。

时光停止前行，船边海面，整片水域在音脉盘绕下，滚开了般，大大小小鱼群，纷攘跃水滚翻，在这段暂停的黎明时光里。

海洋内涵的精髓，掌握住这点时光，大举在船边这方海面舞台上跃起冲落。

航海多年，从不曾见过如此昂扬繁华的海，你的心，和着你嘴里的惊呼，紧随着音脉旋律，跟着鱼跃在浪起浪落间，一再起伏翻腾。

一时忘了时空，也忘了自我。

这场激昂不晓得持续了多久。

不晓得什么时候，咕噜、呼噜、咕溜的绵串音流，梦醒般，已全然停止。

曦光开始斜角流动。

海面这场恣燃般的热闹，像离了炉的汤锅，逐渐缓和平静下来。

天色全亮了。

原来与你并肩的这位长发长髯者，不晓得什么时候已离开舷栏。

你回头寻找，整片阳台空荡荡的只有你一人在场。

你即刻追进舱里，往下跑了好几层甲板，没追上他。

接着，好些天的邮轮航程中，无论黎明黄昏，无论哪一层甲板，或是上岸行程，都不曾再遇见这位长发长髯者。

晶　燧

多年不见，相貌挺拔魁梧的一位老朋友，在天色将明未明之际，携着大小两块海底寻获的矿石来见你。

尽管石块上满覆形色各类苔藻，外观有些粗丑，但这两块矿石还是掩不住隐隐散逸出的宝物气息。

不难辨识，你一眼便看出，这两块矿石都不是一般石块。

大的呈方盘状，石体方正，盘厚约三寸，尺二四方，四周外缘往外、往下斜角微倾，盘底更见稳固。记得海洋考古专家曾对这类矿石做过研究，他们称这类盘状石为“龙宫基殿石”。

另一块较小的矿石，糙圆体，直径约五寸。不少专家也认为，这类圆石，因类似龙柱顶上的饰衬石，而称它是“龙宫柱顶石”。

你用手提砂轮机，分别将大小矿石上的苔藻磨去一方角落。

没想到，就像磨出了一方明亮的石质窗口，由此窗口，可清晰透视石块内里的质地。

里头，石纹隐隐如波，石质澄蓝，如天体、如水体剔透。

这两颗矿石，都属于宝石等级的晶燧石。

晶燧石的形成，传说是全部海水集中在一个点的重量，加上地函所有地热，沸腾三天三夜才锻得出的晶莹。

你转身问朋友："哪里寻得？"

他侧身指向东方将明未明的窗口说："东断崖下，浪涛纷扬处，深邃的礁沟底下寻得。"

果然，八九不离十，跟你的猜想完全一致。

那是万年海风雕凿的千仞崖壁底下，覆以浪涛百年深刨的深邃礁沟底才藏得住的宝藏。

上　岸

六只草海豚一群，一股劲儿，横过涌浪，穿越卷浪，与白波碎浪一起涌上沙滩。

六只草海豚在沙滩上一阵拍打扭跳，以为是草海豚集体搁浅。

没想到，挣扎两下而已，它们立身站起。

它们以尾鳍着地，一开始还有些踉跄，没几秒钟，它们已纷纷站稳、站直了身子。

蹒跚不过两步，似乎立即抓着了站立的窍门，六只草海豚依序站挺了自己。

人类从翻身、爬行、直立、学步，到跑跳，可是一段漫长的学习过程。海豚不一样，在水域里生活，它们必要生下来就有一定的体重和身长，它们生下来就必要是超级大宝宝，并且，很快就得跟上妈妈一起快速游泳。

学习若是为了摆脱生存威胁，成长就没机会等待。

在海洋里生活，它们必要快步学习，快速成长。

上了岸，这次，它们依然如此。

除了以尾鳍站立，不到十分钟，它们又学会以尾鳍左右摆动，款摆挪步。

六只草海豚，踮着脚尖，蹒跚行走在沙滩上。

又一下子，超能力般，它们又学会了蹦跳前进。

鳍尖着地，它们稍稍后弯尾柄，如一把弯紧的弓，松掉紧绷，它们就能藉弹力大步跃出。

如此一拉、一弹、一跃，一步跃出超越三米，一点也不输给它们在海上擅长的“豚跃前进”。

一群六只，它们快步跃过沙滩，跳上海阶，一列纵队，朝向断崖的登崖小径跃跃前行。

小径狭窄崎岖，坡度陡峭，就这条小山径连接崖顶上下。

陡峭崎岖的山径，似乎也难不倒它们，不喘气，不流汗，它们轻快地上坡跃进。

半山腰，草海豚队伍遇到三位颈披毛巾手持登山杖下山来的登山客。

人豚狭路相逢。

三人停下脚步，一脸严肃。

他们纷纷举起登山杖，直指草海豚纵队咄叱道：“回去，海洋才是你们的领域，上来干吗，回去，回去。”

像看到鬼，他们三名登山者不客气地驱赶草海豚。

六只草海豚暂停跃进，保持一贯的微笑，招呼似的，朝三人分别点了点头。

它们六只动作一致，忽然一起转头，看向崖下。

登高临下，崖下海面视野辽阔清晰，那里有渔船、有货船、有军舰、有渡轮、有快艇、有水上摩托车，还有几艘半浮出海面潜行的潜水艇，来来往往，大大小小各种船只，各自在靛蓝海面上划出一道道紊乱的白沫艉浪，好不热闹。

即使这崖壁半山腰上，仍然清楚听见，崖下这些船舶的引擎鸣吼噪声，一阵阵喧闹地飘上山来。

锦　葵

划近岛屿时，你刻意偏离船队规划的近岸航线，船首朝东北向斜出。

离岸划了约三海里远，直到清楚看见海面一道两边色泽分明的流界线，你才停桨等候。

回头看时，伙伴船队全落在岛屿山脚下，攀乘着岸缘浮闪的夕日余晖，一列纵队，如岸缘镶滚的一截斑斓卷浪，往北缓缓推进。

你当然明白，跟随船队按既定规划航线，顺着沿岸流划行，较为省力，但你也晓得，在沿岸流中航行，遇见大洋型鲸豚的机会微乎其微。特别这座岛屿外海，鲸豚生态数据上好几次记录了美丽罕见的锦葵鲸。

这锦葵鲸，身上斑纹，以白底青斑团簇似锦葵花而得名，属深海鲸种，性情羞怯，浮出换气时，偶尔会短暂悬浮于海面休息。

这座岛屿沿海海床错综，海沟深邃，特别适合锦葵鲸栖息。

你攀着流界线划了好一阵子，好几次，前方水面激起的异常水花，都让你停桨抬身眺望。

难得划到这座远方岛屿，也难得流界线如此平整清晰，这都是遇见深海鲸种的好兆头。

对锦葵鲸的高度期待，立刻就敏感地化作此刻你对海面每一朵浪花的无尽猜想。

舟前三百米处，锐角三朵浪花同时绽开且息谢后，之间，果然缓缓破水穿出一段粗壮圆实的花白身躯。

是了，这就是它。

此刻天光水色反差，你看见的它，身上花朵斑纹呈现的是藏青色线条，反衬一身雪白肤底，你发现的，根本是一只庞硕精致且弧线流动穿梭于海面的青花瓷。

这只活生生的海上青花瓷，让国家历史博物馆收藏的所有精品青花瓷，也相形逊色。

好运中的好运，你的位置，恰好就在这头锦葵鲸游进方向，你立即收了桨，屏住呼吸，你不想因任何差错而错失这千载难逢的机会。

你看过图鉴也看过影片上介绍的锦葵鲸，这一刻，你完全明白，再怎么精彩的图片和影片，都比不上自己亲临现场当下的所见所感。

啊，真是深海瑰宝，大洋鲸灵。

你停止任何可能引起船只荡起丝毫涟漪的举止，此刻的你，不眨眼不呼吸没有脉搏没有心跳，你只用僵硬僵直身体内的柔软心思观望。

果然，它毫无戒心，直挺挺朝你游近。

啊，太接近了。

你警觉到时，已经太慢，任何美丽都得保持距离，才能恒久。

实在是太美，但实在是太接近了。

你的心思透过船板荡起一颗小水滴滴落水面引发一声滴答轻响。

你的隐藏出现破绽，它斜眼发现小船。

抬一下眼，也发现船上的你。

毫不迟疑，它左偏十五度，立即斜身快速下潜。

你赶紧右桨深划，回旋船身，想多看它一眼。

它没有回头，如深海一堆青花，垂直坚定地漂摇下沉。
愈沉愈稀。
很快地，完全埋入你如何也望不透的深海里去。

钓　鱼

你们第一次见面是在市郊东滨凸出海岸的一块半圆礁台上。

这天，你下了竿后，枯候了整整一个多钟头，竿头闻风不动，没钓着半条鱼。

这时，他走过来，坐在你身边，与你攀谈，问你钓了多少鱼。

怎么说呢，你两手一摊，扁了一下嘴线微笑，无奈地摇了摇头。

他接着问你："关于钓鱼，是可有可无呢，或是强烈欲望？"

"强烈欲望。"你语调坚决。

听你回答后，他忽然起身，快动作脱去身上所有衣物，一丝不挂，光溜溜地跃进礁台边海水里。

那天水质清澈，海床不远，礁台上的你，清楚看见水里的他。

他翻个身，仰躺在海床上。

右臂屈起，悠闲枕在脑后，休憩小歇状，他泰然自若地仰躺于海床上。

水波折射，他身材形影有韵，除了体色，他似乎完全与海床的凹凸融贴一致。

不久，你发现，他身体凹陷处，也不晓得如何诱因，聚集了一大群巴掌大的银亮方鱼。

你赶紧挪了竿位，对准他仰躺的身体凹处垂钓。

没多久，竿头就传来鱼讯。

身子一颤，手一麻，你钓上来一条就饵的方鱼。

一下子时间，欢喜连连，一条又一条银亮闪闪的方鱼被你钓上来。

一阵子后，他浮出水面问你："满足了？"

你扁了一下嘴线，用力点了点头。

他爬上礁台，穿回衣服，一身湿泞泞地与你并肩蹲在礁台上，清点渔获。

忽然间，你觉得，你们已经从原来陌生的搭讪关系，迅速转变为形影不离的亲密关系。

后来，只要你钓鱼，他便出现。

礁台上，沙滩地，堤防顶，甚至你搭船出去海钓，好几次他竟然也出现在同艘船上。

他经常陪你钓鱼，渔获顺利时，他与你天南地北聊东聊西。钓不到鱼时，他就裸身下水，帮你渔获。

无论寒暑，无论昼夜，不在意水域深浅，不管水色是否清澈，他总是快手脱去衣物，二话不说，不留任何犹豫的波痕，利落跃入水里。

不同海域，他在水下会以不同方式，指引你下竿方位和落饵深浅。

他从水下给你的讯息，有时是水中游过隐约几尾鱼影，有时是几颗气泡浮出，有时是无来由水面一阵波纹涟漪，有时是一只海鸟飞过，有时是风底气味，有时是远方天际一朵逆向飘动的浮云。

更多时候，你全凭直觉，感知他来自另个世界波传与你的讯息。

他在水下的心抓住你所有感官，不一定看得见他，但你始终清楚他在水下的方位，以及他在水下的表情。

如指北针的惯性指向，你总是清楚晓得，他在水下希望你配合扬竿的劲道和深浅。

后来，水面上的你甚至清楚知道，水里的他看向哪里，也清楚晓得，水里的他想着什么。

不晓得为什么，你敏锐感知他水下的任何细微动静，明白当下他身体的不同姿态想表达与你的各种不同讯息。

海陆两界相隔，但你始终清楚知道，他想告诉你什么。

水面上下，你们在一条钓线的两端，同享渔获之乐。

空手而回的钓友们，常以羡慕的语调调侃你："没看过你杠龟落空，可是偷偷暗藏撇步？"

你笑着回答说："我了解他，并且，顺着他。"

航　行

营队活动第三天，两人一组，你们将开船到另一座小岛晚餐。

分配跟你同艘船的他，体格魁梧，身高超过两米，体重破百，但是，分配给你们俩的船只，竟是一艘双人座迷你小舟。

终于沟通好，他坐前座，由开船技术稳当的你坐后座操纵船只。

你坐稳后座船位，侧身两手扶住码头，稳住舟身，让他跨舷上船。

他一上了船，你立刻明白，你们俩加起来的体积和体重，恰好是小船的满载负荷。

船身整个没入水面。

小舟尽管整个没入，就那么刚好，浮力勉强撑住，恰恰好平衡地撑着你们俩浮坐于海面上。

也没其他船了，只好就这样，你们俩一前一后，仿若裸坐于水面上。

也幸好装置在尾舷上的舷外机完全防水，整座埋入水下竟然还能如常发动运转。

你两手伸在背后水下，小心翼翼操作沉埋在水里的舷外机。

体重、体积、船只浮力，形成的微妙平衡几乎毫无缝隙，毫无弹性空间，你不断提醒自己，必得异常谨慎，才能平衡操持埋入水里的这艘船。

你提醒自己，船速不能快。你时时提醒，转弯时必要大弧度回转。任何操作差错，你们将失去微弱的平衡翻覆没顶沉入水里。

他宽厚的背几乎遮住你船前所有视野，一边操船，一边你还必须时时耸肩或左探或右探，慎选船前的每一波浪褶，也得敏捷避开水域里处处露头或隐埋的黑色暗礁。

你伸在后头水里的两只手掌，完全张开像两扇虾尾，这时，你的手掌必要是这艘船的桨，也必要是这艘船的舵。你手掌上的每颗细胞，都得敏锐感觉船行水流带来的各种不安讯息。

你晓得，水面下的所有小心和努力，才能支持你们俩继续悬浮航行于黄昏海面上。

缘

那天，他从海水里爬上来，湿泞泞地跟你说：
这一年，我们看同一件事，会用不同的语言来形容。
六年后，也许我们有机会在同个屋檐下看日出；
再隔十年，我们将可以搭同一艘船过海洋；
一轮生肖后，我们有机会是两条吃掉对方的鱼；
一甲子后，我们将分别看见浮在海面上的同一片云；
跨世的话，我们会忽然想起，前世曾经的一句诺言；
跨两世，我们可以从海洋两端攀爬同一道彩虹；
跨三世，我们有机会同条心，并融在同一片黑色海洋；
跨五世，我们终于有机会成为同一条鱼。

回　家

你们俩感情太好，常玩笑着说："不管谁先走，就由剩一口气的，亲手埋了先行者留在人世的所有痕迹。"

你们俩曾经颇当一回事的，想了好几种让彼此不留痕迹的消失方式。

然而，人间处处累赘，处处残留，要彻底消失，其实并不容易。

有一天，他忽然跟你说："我们开船去海上走走吧。"

不是他平日惯有的语气。

"好了，就这里。"他跟开船的你说。

一叶孤舟，浮于汪洋，你们远远离开陆地，离开城市和人世。

海阔天空，船下水深千寻。

他转头看着你说："感觉到了吗？这是一片富饶海洋。"

"是的。"你点头回答。

另个世界丰厚的生命脉动，汩汩拍打舷墙，如沉稳心跳，你们都感受到了。

船舷因为这规律拍打，发出啪嗒、啪嗒水声，船只受浪侧身涌推，甲板因而一阵阵颤抖。

这脉脉抖颤，贯穿你们脚掌，攀爬而上，由小腿、大腿、髋骨、脊椎，直透你们心胸。

他忽然慎重仔细又几分茫然地凝视了你好一阵子。

你知觉他眼里深沉的苍茫。

他又回头看了那远去的山仑一眼。

你明白，时机到了。

他表情淡漠，眼神中没有不舍。

他抬头望天，随后低头看海，然后，闭起眼走了。

你褪去他身上所有衣物，轻轻将赤裸的他，放下舷边水里。

你的手还半撑着他，但海水迫不及待，立即淹没了他一半身体。

他的脸，半边浸入水中，半边留在空气里。

心思笃定，但你还是犹豫了两秒后才松手。

他两臂微张，掌心朝上，两脚并拢，两膝稍稍屈起，缓缓仰沉而去。

你晓得，一定深度后，他将躺回他永远的母床。

迷　航

仿若孤舟迷航，向晚时分，你独自走在一条两边是海的细瘦海堤上。

前头夕阳西沉，茫然不见尽头，

后头，海堤崩塌，早已一片昏黑。

两侧海浪说好似的，一爪子一爪子，轮流扑上堤面，

像约定好的，即使抓不到人，也要抓些堤防上的土方和石块回去。

你的前途如脚下的海堤，一步步都在崩毁。

夕阳已经低得不能再低了，

所有的光，都在等待关门的最后一刻。

这时，你转头看了两边的海各一眼——

心里想，两边不都是钟爱的海吗？为何如此汹涌，如此狰狞。

双

航海多年，日子单纯，这些年你接触最多的，不外乎船外旷阔的大海，以及相对于舷内窄隘的甲板。

海上回来后，熟识你的朋友都说，你变了。

除了独来独往绝少与人攀谈，其实朋友们也说不明白，你到底哪里变了。

退休上岸后，你买了一艘双船体小船，常在村子外的海湾里钓鱼或漂流。

你偶尔钓些鱼回来，一眼就明白，经常是成双成对双双对对的渔获。

村子里，你买了相邻两间公寓，打通隔墙后当一间用。

你买了一辆供两人一起踩踏，一起骑乘的协力车，村里来回，你都是一个人骑着这辆两人座的协力车。

你的餐桌上始终摆两套餐具，餐台上两只咖啡杯，两只高脚水晶杯。

好像在等谁。

也好像有个隐形人和你一起生活着。

你睡的当然是双人床，两套被子，双人枕头。

许多年后，你因为心律不整，住院诊疗，没任何医疗上的额外要求，你一开口就说："请给我一张双人病床。"

医生回复说："古今中外，医院从来不设双人病床。"

你干脆就自己画了设计图，别开生面地定制了一张双人病床。

床头两支点滴架，床板两套起卧三段自动升降系统。

除了"成双"这事有些怪异，你待人温和有礼，低调，不强求，不曾与人有过争执。

村子偏远，日子安静而快速。

年老后，你为自己看墓地，为自己安排后事。

果然，大家没猜错，你买的是合葬的双墓穴。

大家没猜到的是，你还预订了一副连体棺。

村民说："他一个人生活，独来独往，不曾看过有人来访。"

海　流

“海流”小时候流在中间，跟着“大海流”四海为家，四方洄游漂流。

那是一段无忧无虑的日子。

被大海流们携着、伙着、推着、拥着，被褓抱在大海流中央，那是没得选择，也无从忧虑的日子。

小海流天天仰望蓝天浮云，或者，俯瞰底下神秘透蓝的无尽深沉。

偶尔，小海流顽皮地以波浪跟身边一起漂流的水母群吹泡泡，他也时常扬起手臂以流势逗弄跟着浮游的鱼群或鲸豚。

经过热带海域时，小海流学会记忆暖热阳光成为自己的体温，又在流向高纬度的冷水域时沿途释放身体热能。

漫漫漂流途中，小海流也学会辨识身边一起漂流的大小生命，特别是不具游泳能力以及个体细小的浮游生物们。

小海流慢慢了解，尽管自己似乎是无意识、无目标、况若无尽地漂流，却是撒播种子般将多种生命、多种能量漂洋过海散布到广阔海域甚至内陆的一股恒续力量。

多了了解，逐渐有了想法。

小海流似乎就扛了些重量在自己肩上，不再像过去那般无忧无虑。

小海流也知觉到，自己的体温、体内含盐密度、流动速度以及皮肤的风感能力，都起了些变化。

开始有了方向意识，小海流的心性已不同于以往。

他不爱继续留在大海中央，日子不再只是顺流顺势，不再只是被命运推着走。

渐渐就有了跨出边缘，向外探索的念头。

小海流开始逐步往外偏流。

偏流后，小海流时常可以遥望这辈子从没见过，头顶时常缠着白纱的苍郁山脉。

陆地更近了。

有一天，海流们经过岛群。

小海流发现，无论多大的大岛或多小的小岛，经过每座岛屿时，他都得选择流向。

“往左或往右？”

无论如何，当小海流做了选择，他会习惯地伸长指头，以他的波浪指头，近切地触摸着岛屿海岸通过这座岛屿。

有时他抚摸的是狭窄的海峡，有时是开阔的海湾，有时是船只密布的内海，有时是咸淡水交汇的河口。

有时是柔软的泥滩或沙滩，有时是颗粒圆润的卵砾滩，有时是姿态强硬的岩礁海岸，有时是坑凹不定但五彩缤纷的珊瑚礁海岸。

如果选对了，小海流会让触着海岸的指头如在弹抚乐器。有时弹奏的是进行曲，有时是灵魂小调，有时是热情摇滚，有时是旋律铿锵的交响曲。

若是选错了，小海流的指头将搔刮在刚凸的灰色水泥墙堤上，叽叽嘎嘎，是鼻对鼻眼瞪眼棘对棘硬碰硬的触觉，不仅指头难受，还发出难听的搔刮刺耳声。

也许遇到一段如防御工事般的水泥海岸，或是幸运地流经蜿蜒秀丽仿若冰蓝宝石的一段天然海湾。

小海流流经河口，对或错的选择，面对的将是仍保留山林野味的清清淡水，或是捏着鼻子通过乌浊混臭的各种废水。

烟囱林立或田野苍翠，关系着小海流欢喜或枯寂的心情。

好几次小海流倏地抽回他一路抚触的指头，忽然转过身背对陆地，因为他的触觉和视觉直接链接着他心里的痛觉。

好几次不愉快经验后，小海流再次面对岛屿必要做选择时，他开始患得患失，心里有了烦恼。

这时的小海流，已经不再是昔日清纯的小海流了。

曙　光

第一道曙光在海面醒来后，立刻拔腿奔跑。

多么宽阔的海啊，动作不够快的话，就会被专门收集天光的海浪给吞噬，就会被接着醒来的第二道光给追上。

一直跑，一直跑。

被你踩过的海面，一一浮起闪颤不已的晶晶亮点。

这些浮起的亮点，是你在黎明海面奔跑的脚迹。

遇到一条跃起水面的鱼，你轻巧踏点了它的头顶，并顺手给它一身银亮，让它将破晓的光彩，带回才醒来不久的水里。

遇到一群豹海豚，你像弹点琴键般，一一点踏它们轮流浮出海面的背，凑成一段曦晖里叮叮咚叮叮咚的旋律。

遇到一艘庞然大船横在眼前，一点也不犹豫，你从海面垂直踩上舷墙。

没有放慢速度，唰一声，泼上去似的，整艘船、整面舷墙，因为你不畏险阻地奔跑，忽然都有轮廓和颜采。

翻上甲板，不曾稍停，你先铺满整片甲板。

迎着你的，给十分的光，被船舱或其他对象遮掩的，给他背后五分朦胧。

你即刻又去攀爬船舱，直上桅顶。

一直跑，一直跑。

你勤快地奔跑，使得如何无垠的大海也都有了尽头。

先是朦胧，然后慢慢清楚，横亘于你面前的，是一横稳固的岛岸。

这岛屿多山，很快高耸成你面前一道严耸障碍。

不怕，一点也不胆怯。

你先攀住近岸涌浪的肩，随着两三下起伏晃荡，得了力。

用力一跃，你骑上卷浪的背，骑马冲锋陷阵般，轰哗啦、轰哗啦。

你和晕染红彩的白沫碎浪，轰哗啦、轰哗啦一起滚在滩上。

你立即站起来，没有随回流的碎浪退回海里。

你挣出浪花碎波，甩一甩沾湿的发丝，挺胸而立，像是在宣示占领整片滩头。

没有停，身负曙光天命，你不能停。

立刻拔脚翻过海岸段丘，爬上海阶，再穿越海滨公园。你让公园里的每一朵花、每一株草都有了容光亮颜。

几个在海岸路上甩手散步的阿公阿嬷，一起转头看你。

挥挥手，你一脚跃过溪流，顺便洒了些光浮在水面漂流。

一如攀登海上巨舶般，你一连爬了好几栋面向东方的大楼华厦。

一路意气风发的你万万没想到，忽然，被黑洞似的吸力牵引，一个踉跄，你惊惶跌进某栋大厦的某扇窗里。

后头推涌而来光的压力，你被迫挤过纱窗，立刻被滤割成一道道条状光丝。

随晨风飘动的窗帘，又不客气地甩你两下，将你所有光丝混杂地缠搅在一起，抛进屋里。

屋里，迎接你的，是立在窗口一座摇头转动的电扇。

惶惶间，你不由自主地跌进、吸进、搅进那快速盘转的扇叶里。

缠转，切断，绞碎。

你碎断成无数光点，受风抛出风扇，随风纷纷沾黏在房间每一寸墙上，弥漫在房间里每个缝隙和角落。

哈　比

你带着水下相机从后舷翻身。

下水不久，就在西礁台下，槽沟边，遇见这条“哈比狗鱼”。

这条哈比狗鱼，一身青绿，黄纹斜披，体长约六十公分，算年轻小伙子。大概因为方头宽额，又性喜无来由地摇摆尾鳍，而被称为“狗鱼”。

至于“哈比”这“姓”的由来，可就无从考证，不知缘由。

问过不少人，大致认为，可能是冠以发现者的姓氏或名字吧。

这条哈比，对于你的潜入或侵入，似乎毫不在乎，保持约两公尺距离，在原位瞧着你，还欢迎似的款款摇了几下尾鳍。

若是一般鱼，这距离恐怕早已受到惊吓一溜烟遁逃无踪。

互相观察，或说，互相好奇了好一阵子，你单臂轻拨，不想吓到它，慢慢转身离开。今天潜入的主要目标是拍摄个体粗壮的“牛努鱼”，狗鱼在这海域里普遍可见，牛努鱼可是沿近海罕见的鱼种。

牛努鱼嗜腥，下水前你和研究伙伴在船上切了一网袋的鱼块，除了挂两块在船边水下散放诱惑的腥味，其他留在甲板上备用，若牛努鱼现身，船上伙伴将抛掷鱼块为饵吸引它在船边逗留，让潜在水下的你，得以伺机猎取画面。

你抬头看了一下如斑块乌云般贴在海面的船影，打算以工作船为圆心，在外围缓缓绕着游，一旦牛努鱼被鱼饵吸引，你就能快速接近船边，进行拍摄工作。

漫游了一段，当你回望时，吓一跳。

不是发现牛努鱼，而是刚刚那条对你观望的哈比鱼，竟然亦步亦趋，在后头跟着你游。

你回身，单手朝它由内而外短促地挥了几下掌，意思清楚明白：“回去了，别再跟了。”你不希望这条哈比干扰到你的水下摄影工作。

哈比似乎懂得你的手势，停下来；但又似乎不懂你的手势，停在那，没有离开。

它眼睛大大睁着，还款款摇了两下尾鳍。

不理它了，要务在身，你继续绕你的圈圈，继续等候你的目标鱼。

这条哈比竟就不厌其烦继续跟着你。第一圈，第二圈，第三圈，这条哈比都跟着，而且愈游愈大胆，到第三圈时，它几乎零距离地跟在你缓缓踢摆的蛙鞋边。

第四圈时，哈比游到你左侧身边，水下伙伴似的，与你并肩同游。

第五圈时，它过来以它的宽额方头轻触你的左手臂。

随后，你发现，它对你的左手掌似乎特别感兴趣，好几次以头和身体擦触你的左掌。

你停下来，举出左掌，伸握两下，检查看看你左掌到底有何异样，为何惹这条哈比如此兴致。

你还举着左掌纳闷时，哈比游过来，张嘴咬扯了几下你的左掌。

你没抽手，因为从它嘴上的力道，确定它只是试探，并非攻击。

这时，你忽然想起，下水前在甲板上切鱼块时，曾以左掌握压一条狗鱼，右手持刀切了它，溢喷的鱼血，血腥地沾濡了你整个左掌。

想起这，你本能反应，瞬间抽回左掌。

哈比有点吓到，回身保持一公尺距离，眼神严肃且略带杀气地瞪着你看。

这一刻，你忽然完全明白，为何它的名字冠以“哈比”两字。

海洋基金会

一连好些年来的筑堤，抽沙，填海，海域一湾湾消失，新生地一块块生成。

看着陆地拼了命“填海造陆”，海洋因而紧急成立了“刮陆造海海洋基金会”来回应。

这基金会不像陆地单位人事繁冗，这基金会里，没有酬庸、没有攀关系、没有为了避税，没有假借各种名目进来的会员，基金会的所有工作者，全是无给志工。

这基金会不好大喜功，没有迭床架屋的行政架构，没有宣言，没有上司，没有下属，平起平坐，大家都平平大。

这海洋基金会没计划，没活动，没预算，不开会，所以不曾“议而不决，决而不行，行而无果”。

基金会单一宗旨，简单明白：维持传统海域面积。

靠岸、近岸来的每一滴海水，无须招募或鼓舞，每一滴都将自动成为海洋基金会会员。

当然不必动员，不必发给便当钱、走路工或加班费，只要会员认为是该做的，无须三班轮流，而是二十四小时，三百六十五天，时时刻刻，分分秒秒，持续不辍地，绵绵不绝地，尽责尽力地一再刨挖啃噬任何不当占领海域的海岸，坚决履行“还陆于海”的会务宗旨。

柔软的海水成员们，尽管没手没脚，口里没大钢牙，也没任何电动、气动或油压动能，但基金会成员，如蚕宝宝啃食桑叶，如松鼠啮食松果，如馋童咀嚼脆饼，无论面对的是如何坚固的沉箱堤、重潜堤、八脚闸堤；无论多么顽强的H形、N形或M形水泥消波块，基金会成员以滴水穿石的耐性，一点一滴细细挖掘细细累积。

基金会从不搞噱头、不搞联署、不搞宣传、不搞议题、不搞记者会，会员个个实在，绝不花拳绣腿打高空，每一滴都懂得善用高潮时势和暴潮时机，携砂带石，若千万个榔头，连环叩，连环敲，连环叩叩叩敲敲敲，不停叩敲这一段不合理的海岸。

天底下目前还未出现任何挡得住这股势力的铜墙铁壁。

全名“刮陆造海海洋基金会”，这个非营利组织，是地球上最具代表性的软实力团体。

这基金会的工作态度始终保持弹性平衡，并不一味蛮干、硬干。只要陆地上不再胡乱填海造陆，只要陆地单位不再胡乱海岸开发，基金会成员就会知所节制，自动地不再使劲连环叩，连环敲，连环叩叩叩敲敲敲。

当陆地停止河川不当砂石开采，陆地海岸得了砂石补充源，自然就形成了海岸的平衡防护。

这时的海岸，将成为海陆平衡如琴瑟和鸣般的海岸，这时的海岸就不必要再处处构筑如战争状态下的防御工事。

这时的“刮陆造海海洋基金会”，就将自动退化为休闲娱乐性质的海洋社会团体，或萎缩成巧立名目专为各种非正规目的而设的组织，虚化为可有可无的附属性组织。

辑一 阳光的海

梅雨落尽了，阴霾散去，阳光一天天热烈。

波光闪灿，阳光遍洒的荣耀，海面无垠铺陈。

黎明破晓，阳光一鼓作气振奋跃离海面，晨曦攀住晨风，扬甩半空，自高处斜照天地大海。

所有前晚残留的夜暗和湿冷，不堪朝阳驱迫，全蒸化为海面上的薄雾轻烟，袅袅消散。

海洋母体翻身仰躺，通体筋骨舒展松弛，她眯起眼，嘴线涟漪轻扬。

她涌突的额和颊，挺直的鼻翼，柔嫩的乳峰，饱实的膝腿和脚趾，一袭澄蓝薄纱，欲盖弥彰间，柔扬轻敷。

她一身匀称，软动起伏，不时舒缓吐纳。

叹口气，她说："接下来，炎炎一季，海天一色。"

阳光里无尽流动的线条，海面上无数起伏的波褶，相互迭荡成数不清的闪动光点，相牵相系。

摇曳连晃，闪闪烁烁，母体海面波褶浮动，顺序轮流。

海水里的每一点滴都不愿意错过这时节洒下的每一滴阳光。

曦晖斜照角度逐渐昂起，直到中天正眼直视，阳光跃步散放他这一季最大的光和热。

情热所以体热，他的每一束光都睁大了眼，为了近看、细看柔荡仰躺的海洋母体。

海洋母体敞体、眯眼承受。

她了解，她了解，这是多大的安慰，当雨季过后，就这一季得以如此曝晒深埋的湿濡和阴寒。

再也没得比，再也没得比，此时此季，阳光融于海水展铺出的温润色泽和色温。

她深怀着光，以不同深浅、不同盐度、不同温度、不同流速和流向、不同悬浮疏密，她重新诠释、重新演绎自己和阳光共鸣的蓝色原料，挥洒出大片淡蓝、清蓝、灰蓝、粉蓝、湛蓝、蔚蓝、绿蓝、藕蓝、靛蓝、紫蓝、黝蓝和墨蓝。

她以母体的深邃和柔软，允许光在她身上任意浮沉。

这一季，海洋母体给阳光最恣意最开阔的调色盘。

海洋母体将怀着阳光的种子流动，涌送到千百里外高纬度的凉冷边境，转达热带阳光传输的暖意。

她以恒续稳定的体温，调节空气中的冷热悬殊。

她集结水气来纾解陆地上习常的躁起和躁落。

阳光下，水体孩子们再次涌涌欲动。

她坦放胸襟，松手放掉许多她怀里才回来不久的孩子们。

上一季她收回许多，这一季她心里默默祝福：“去吧，孩子们，善用阳光赐予的温暖臂膀，随着我喘出的风深入内陆，去滋润，去稀释那远方僵住的干燥和暴躁。”

平　衡

声称“刺网”不长刺，又说刺网危害绝不是“大小通吃”的少年渔夫，用“底刺网”，一趟捕获了二十几只“宽额厚壳蟹”。

这蟹长相宽稳厚实，底盘稳重，双螯不时昂举咔剪，如两具挺伸夹剪的大钢牙，个性凶猛好斗。

捕获后，了解它们个性粗暴，少年渔夫并没有如一般蟹获般将它们五花螯绑，也不将它们关在渔篓子里。他只是将二十几只蟹，层层迭迭，迭罗汉似的简单迭在一只瓷盘子里。

看来就像二十几颗青褐色馒头迭了尖尖满满的一盘。

瓷盘子滑，又迭了好几层，底层的蟹，尽管扛了好几层重压，也只能空搔空爬，无法得力横行。

当我走近这只堆满厚壳蟹的盘子时，依稀听见，盘底蟹爪子不停擦滑瓷盘发出的细碎嚓嚓声。

它们的脚上及螯根底，长满粗刺刚毛，相迭着时，一只缠黏一只，魔鬼毡一样，这一盘子蟹，紧紧相互黏贴成蟹塔状架构。

当我手指头凌空作势挥向蟹塔，它们机灵地也都纷纷伸出大钢牙般的钳夹，往我指头挥过的方向，咔嚓咔嚓咔嚓，一阵清脆的空夹。

塔身因而摇摇欲坠，如依序摆荡回旋的立体波浪舞。

蟹塔一阵扭晃、旋摆，不住倾斜，但好像底盘中心有个强韧的支点撑住，蟹塔就是不倒。

我转身以微笑好奇的眼光看了这位少年渔夫一眼，他低头忙着整理他手上的刺网，知道我好奇，不以为意的口吻，他慢慢回答说："道理不难，这叫'蟹的恐怖平衡'。"

红　斑

爱收集，喜红色，嗜钓鱼，你在客厅当中设了一座八尺海水水族缸，渔获中，只要是红色系的，你都会将鱼带回，收集在缸子里观赏。

经年累月，你的缸子里已有斑红鼠鱼、赤尾春鱼、条红昌鱼、赤鳍禾鱼等十一种三科共四十三尾鱼。

一时间，厅里红影翩翩，一屋子喜气。

那天，东礁台上，费了好大的劲，你拉上一条孔武有力的红斑狼鱼。

这狼鱼罕见，头胸部健伟，胸鳍平展若翅，尾鳍高耸如斧，一身流线利落，身上红斑如一盏盏红灯笼提在暗夜里浮耀。

得了这条鱼，你满心欢喜。但你也晓得，狼鱼猎性凶残，仿若练过十八般武艺的战斗鱼，若放进缸子里，恐怕骚扰了一缸子原来的平和喜气。

但这条狼鱼确实闪眼亮丽，又难得一见，放弃可惜。

几番犹豫，终究还是舍不得。

你心存侥幸，想说每个生命自有生存之道，新来后到，或能包容包涵，彼此适应后，应该就能形成生态上的自助平衡，相安无事。

红斑狼鱼一入缸里，当气泡散尽，它晃了两下身，舒展筋骨。随后，缓动漫游，神采奕奕，如领土巡游般，绕游了缸体一周。

这缸子因它的加入而光芒散焕。

“果然王者之尊啊。”

这缸体，这厅里，因为它的加入而四壁生辉。

你欣喜若狂，叹道：“原来这厅、这缸，就是少了这一点睛。”

缸里其他鱼，都知规避闪让，这条红斑狼鱼也颇具绅士风采，翩翩优雅，与众鱼保持相安距离。

你心满意足地瞪着鱼缸子观赏，确定相安无事，心里有了安慰，直到半夜才关灯就寝。

隔天醒起，你首先发现缸子里，水色异常混浊，心里有数，半夜恐怕闹过一场。

这条红斑狼鱼瞩目焦点般，神采奕奕地大红大放，悬浮在缸体正中，其他鱼似乎排序地散在周边角落。

幸好缸子里依然鱼影缤纷，才想要欣慰地叹口气。

接着，你发现，那几条游速快、动作利落的赤尾春鱼和条红昌鱼，好像运动过度一夜没睡，停留在缸子里的第二圈圆周，显露疲态。

而缸体最外圈大后方的边陲角落，深躲着游速较慢、个体较小的几尾斑红鼠鱼和赤鳍禾鱼。

避躲在最外圈角落这些绵羊般温驯的小红鱼，它们身上原本耀眼的红斑，仔细一看，如何全都褪色消失不见了。

原来的红彩翩翩，一夜间，急转直下，褪变为如今别扭的惨白颜色。

靠近细看，不是换装、不是脱壳、也不是褪色，而是它们身上原本凸出如拂袖的宾红胸鳍和尾鳍，全都深冬的枯枝般，一叶不留，光秃秃的。

显然是被暴力切斩横断，加上惊吓过度，身上红彩，一夕间，完全消失不见。

这几尾没了胸鳍、尾鳍，失去颜采的伤者，只能小丑般，原位扭动身子，别扭地不进不退。

几分伤感，你知道这条红斑狼鱼惹祸了。

几分愧疚，你赶紧点名般，点数缸子里的鱼。

一、二、三……包括这几条伤者，一共数到四十三尾。

“幸好没少，幸好一条也没少，丑一点，不要紧，丑一点，不要紧，只要维持现状，很快就能适应成一缸子、一家人。”你心存侥幸，安慰自己说，“不要紧，不要紧，幸好一条也不少。”

不知是算术差，还是有意忽略现实，昨晚缸子里是加入了一条新鱼。

确实是加入了一条改变一缸子命运的红斑狼鱼。

铁　矿

系妥腰间网篓子，手持小抄网，师姐弟三人，一起潜下水里采集标本。

很快地，我在三米礁凹处，率先网住一条全身鳞片如碎钻闪耀的“短尾晶钻鱼”。

我得意地正想举起抄网炫耀时，一旁的师姐，一阵气泡咕噜，抢先举起她的抄网，里头竟是一条如今已极为罕见，身子完全透明，但鱼刺骨头仿若镶在鱼身的一根根水晶棒柱，一身晶莹剔透的“冰柱玉昌鱼”。

唉，总是慢人一步。

她网住的玉昌鱼，价值远胜过我抄网里的这尾在这海域中已不算普遍的晶钻鱼。

只好低下头，默默将我抄网里的这尾晶钻鱼，悄悄滑入腰系的网篓子里。

摇了摇头，我纳闷地想："每次都这样，好不容易得了个小小出头的机会，每次都这样，很快地，立刻就被身边他人的风采，完全给覆盖掉。"

不料，另一侧的师弟，一阵气泡呼噜噜，一连团团转了好几圈，他旋身优雅地网到一条额眼如峰凸起，身上五条金黄横纹，消失已数十年的活化石"寿峰五线鱼"。

唉，唉，怎能不怨叹呢。

无论潜水能力，无论认鱼的本领、网鱼的技术，无论学习努力量或实际水下经验，我认真用心的程度，都不比他们差呀。

为何每回他们网住的都是金矿、银矿，而我网篓子里装的，始终就是沉默沉重的铁矿啊。

睡　鱼

轻甩竿头，熟练地让饵钩投入礁边深壑处。

钓组还未沉底，似有似无，钓竿传来一阵麻颤轻扯。

不确定是否鱼讯。

管他，先扬竿试试再说。

竿头果然沉重，确实是钩着了、钓着了什么鱼。

怪的是，钓线那头不挣不动，钓获物死沉沉地赖在钩上，被钓线拖着走。

技术纯熟，操竿谨慎，钓获物很快被我引拉到礁台岸边。

探头一看，吓一跳，竟是钓中一条身长约两尺，体态肥肿，并以慵懒得名的“黑皮粗鳞睡鱼”。

这等级身长体重的鱼，我的钓组、我的臂力，都无法直接拉它上岸。还好矶钓经验老到，也幸好这条睡鱼性情慵懒，不挣不动地任我摆布。

拉近礁台边，先侧竿，让它乘住一波涌浪。

再反侧竿，顺着浪势，导引这条钩上的睡鱼贴近礁台。

我耐心等候十六波小浪后的第十七波大浪，一、二、三，再次顺着大浪浪势一口气提竿，终于将它导进礁台凹缝边的一道礁沟里。

当涌浪退去瞬间，我一把劲撑住，终于顺利让这条睡鱼搁浅在礁台上。

上岸后，这条睡鱼仿如仍在沉睡中，也不挣扎，也不翻跳。

它肚腩如水袋子晃荡，两眼惺忪。

确定得手后，我抛下钓竿，兴冲冲跑向同礁台上的其他钓友，想将钓获这条大睡鱼的喜悦，跟钓友们分享与炫耀。

尽管我如何精彩激动地叙述，如何钓获这条两尺长的睡鱼，甚至夸张地挤眉弄眼，来形容这条睡鱼不同于一般鱼的长相，但钓友们仍然聊他们的天，聊他们的海，聊他们的渔获，没有人愿意搭理我钓获一条大睡鱼这件事。

“算了。”

几分失望，我低头走回去陪我的睡鱼。

发现我的睡鱼，嘴边吐了一堆虾壳，像是严重地病了一场。

“怎么办？”

再没人愿意看见它，它很快就要腐败了。

海　童

许多年前，每当天色将暗未暗的傍晚时分，常见两只粉红身影，自晚霞尽头潜游到村子岸边礁台旁的河口处逗留。

它们俩游进河口，以礁台为障，在淡水浅滩上追逐、打滚，激起片片水花。两只粉红身影，吱吱咔咔喳喳，发出如小孩嬉戏的尖短音笑闹声。

它们身长约三尺，皮肤油亮，通身粉红，前肢细长柔软如袖，掌间三指，后肢粗短，脚踝平板无指，可直立短跑，亦可并拢如蹼，在水里头上下拍水快速游泳。

婴孩头，大目眼，小尖耳，头顶及脸腮旁稀疏粉红毛发，外貌大约可辨，一雄一雌。

个别看，它们身形相貌怪异；看一阵子后，又觉得人身婴孩样，几分熟悉亲切；又一阵子观察后，心里竟然多少也感染了它们在浅滩上泼水打滚嬉闹的欢愉。

村民们见怪不怪，心里晓得，它们来自异界，但傍晚才来，黎明前离开，该河口又偏远偏僻，与村民生活互不干扰。

可爱而无害，长久以来，彼此相安无事。

村民也因形样和行为，昵称它们为“海童”。

意思是，海里来的儿童。

多年后，河口海阶地为傅姓老板购得。

傅老板城市里经营旅店有成，看中这偏远偏僻但面海的海阶地景观，打算于阶地上经营看海田野旅宿。

傅老板看准快速兴起的海岸田野休闲风，说动就动。

不久后，海阶地上一连来了好几辆怪手和卡车，开始整地施工。

施工期间，傅老板好几次来到工地视察。

有次他傍晚来到，打点结束一天的工地工作后，阶地居高临下，傅老板转头见海面晚霞横铺，海面夕晖生波。

这黄昏景色吸引久居繁华城市的傅老板步下阶地，走到海边。

走下海边的傅老板，立刻就听见了礁台后传来一阵，吱吱咔咔喳喳，小孩嬉闹的尖短音笑闹声。

“奇怪，这偏僻海边哪来孩子的嘻闹声？”

傅老板于是绕过礁台，立刻就看见了两只粉红异物在浅滩上追逐嬉戏。

“这是什么怪物啊？哪天若吓到旅宿游客，如何是好？”

厌恶夹杂几分畏怯吧，驱赶它们的念头才起，傅老板板起脸，嘴里随着就发出粗鲁的喝斥声。

两只海童，闻声停下嬉戏，转头观察傅老板。

这个发出恶声的人，并非多年来它们习惯了的，平静且朴素气息的村民。

两只海童，警觉地即刻趴下身子，四肢张开，虎步蹲低，全身粉红毛发直竖。

它们右肩耸起，左肩低俯，几近水面，斜脸，昂眼，怒目，唇肉绽翻，露出上下四颗尖牙，嘴里呵气吼啸。

竟然，声如洪钟，音如洪涛滚滚。

晚风一旋，海童们那声吼啸，迭荡效应，震得远方村子所有人都暂停动作，以为发生了什么事。

震得整片河口水面荡起阵阵疙瘩。

这声吼啸，吓到了傅老板。

他倒退三步，勉强撑住。

没想到，这么两只小小怪物，竟能发出如浪涛洪亮的吟吼声。

傅老板转身拔步，急忙半爬半挣退回阶地。

海童俩，两三下扑跃，跃穿河口卷浪，跳回海水里去。

从此，村民们再也没人见过曾在河口处嬉戏的海童粉红身影。

遗　传

记得那天渔获出奇得好。

天刚刚亮，渔绳、渔获尚未收拾归位，甲板上四处零乱。

你二十年前随同父亲同艘船捕鱼至今，十数年渔捞岁月很快过去了。丰收这天，你和父亲前后甲板，分头、分工，于返航前一起快手收拾船上散置的渔获和渔具。

不久，父亲在前甲板唤你。

你以为前甲板什么事需要你前去凑个手脚。

没想到，就在这天色将明未明之际，父亲以异常严肃的表情跟你说："从今以后，这艘船，就交代给你了。"

你心里有些诧异，愣在前甲板好几秒钟。

并不是被父亲船长宣布交接船只的欢喜吓到，而是心想："不就早晚的事吗？何必急于这忙碌的一刻，如此郑重地来宣布船只交接这件事。"

你只是点了点头，没太多表情，立刻转回去后甲板，继续收拾。

同港渔人，都说你们父子俩“同模，同心”。

不仅容貌像，个性也近似，应该说是，都有些“海呆”吧。

你们父子俩，平时沉默寡言，得讲到海才有话题；也都是海上事要紧过岸上；也都是认识的鱼比认识的人多。

这方面，可说是呆模呆样的“愚传”吧。

才回到后甲板继续收拾没多久，你父亲又在船前唤你。

这次，你父亲将一条约莫半人高的冬鱼抱在胸前，唤你前进一步，要你亲手接住这条冬鱼。

将这条冬鱼接过手，抱在怀里，你心想：“奇怪咧，渔舱分明就在父亲船长跟前，不是正在忙吗？何必特地唤我前来，接手这条鱼。”

许久后，你才明白，父亲曾对你说：“给你一艘船，赢过给你一尾鱼。”渔船终究不能缺少渔获，因而，你父亲这天除了“渔船”交接外，也在这天色将明未明之际，又赶紧趁时趁热补了“鱼传”这象征仪式。

“渔船，愚传，鱼传”，三样都在这天破晓时分，昼夜翻转、春秋代谢、世代交替的海上，举行了一场“遗传”仪式。

这天过后，往常一样，你仍与父亲同艘船出海作业。

只是，从此作业中，主、副易手，你是新船长，父亲是卸任船长，船上大小事，开始由你做决定、下判断。

选　择

傍晚时分，天色将暗未暗，衬着晚霞，海上浮出一座黑色孤岛剪影。

这是一座偏远的陌生岛屿，你独自开船悄悄接近。

晚风悠悠漫漫，岛上椰子树影，一一拉长成岛上一条条摇曳交错的斜影。

船只驶近岸边时，你注意看才发现，岛上椰子树影下，满满满满，形影幢幢，或立或卧，没缝没隙的，岛上拥挤着一大群一大群密密麻麻的草海豚。

草海豚的秘密基地，在这天傍晚时刻，不小心被你撞见，被你发现了。

海上平坦，船只高凸，几乎同时，你立刻就被这群草海豚们发现了。

被这群草海豚发现后，你只有两种选择：船只即刻掉头离开，或者，留在原处进一步观察这群草海豚随后状况。

你的选择很明显：留在原位继续观察。

草海豚们的秘密基地被你发现后，也有两种选择。

这两种选择中，比较麻烦的一种，是群体即刻动起来，集体迁徙，重新出发，在汪洋大海中重新寻找新的秘密基地。

海这么宽，这么深，一起移动成千上万繁浩的家族，又是如此向晚时分，大举迁徙，重新寻找秘密基地这件事，即使对擅泳的草海豚而言，也会是一件挺不容易的大工程。

你做了选择后，过了没几秒钟，当机立断，草海豚首领下达了集体迁徙的决定和命令。

随后，它们一大群、一大群，溪流般，在夕晖剪影中，整座岛上数万只草海豚，纷纷俯下身子，集体流动了开来。

肩并肩，头尾相连，一排排，一列列，如波波涌动的黑色溪流，它们顺序从岛屿边缘，以泄洪似的流量，以激昂激动的水花，先后跃入水里。

啊，真是壮阔的集体迁徙。

你在船上暗自思忖：你是做了对的选择，若当初选择掉头离开，将无缘见到草海豚这场壮观的集体迁徙。

你赶紧拿出长镜头相机，想要记录这场难得一见的上万只草海豚的集体迁徙画面。

相机望远窗口中，镜头特写，你清楚地看见，每一只涌跃前行的草海豚，它们孔武的破浪，以及猛烈激昂的击浪行为。

每一下的猛劲、狠劲，宛若刀砍，直如剑劈。

直到这时，你才彻底明白，恍然醒来。

来不及按下快门，早已吓出一身冷汗。

你心里后悔，留在原位，显然是错误的判断和选择。一发现它们当初，你应该当机立断，即刻掉头离开。

你终于了解，关于不小心发现草海豚秘密基地这件事，其实这群草海豚，不必要如此大费周章地大动作迁徙。

它们其实大有能力和余裕，做出另一种选择。

你已经明白，这群草海豚，它们有充分能力，可以立即、简单、明快地解决被你一艘小船发现秘密基地这件小事。

假　会

朋友家在海阶地上，后院面对一泓亮丽海湾。

朋友带我参观他迭石植草，整理得颇为优雅的后院。知道我正在进行海上计划，忽然转头跟我说："计划很好，但不要妨碍了海洋的原始景观和生态。"

心里佩服，这不是一般人的见解。

我点头允诺。

海湾近岸处，不晓得什么时候来了一头大鲸，它头顶着岸缘一颗黑色礁块，喷雾似的大声呼气，它身子跟涌岸浪涛垂直，一阵阵随浪浮沉。

糟糕，应该是搁浅事件。

这头鲸从头顶到背鳍，浮于海面的部位，我看到些许苍斑以及粘在它身上的许多甲壳类附生物。心眼一亮，啊，我认得的，这是一头多年前捕鱼时首次在海上遇见的那种大型鲸。

炫耀心里作祟吧，我赶忙抢先指住这头鲸，以发现者的高调宣示说："看，这头'土鲸'，搁浅在那，"我拿出手机，"得赶快通报有关单位。"

没想到，一旁朋友念小学的女儿打断我拨电话，抬头跟我说："叔叔，不用打电话了，这不是土鲸，是一头'长髯鲸'。"

我放下手机，不以为然地看了她一眼。

稍停了一下，这小女生又补了一枪说："而且，它是靠岸休息，不是搁浅。"

我转头不客气地瞪了小女生一眼，意思清楚明白：何以见得？辨认鲸种可是专门学问；鲸豚靠岸怎么可能是休息，肯定是搁浅；你这么说，可是得举证喔。

小女生没理我，但似乎明白我怀疑什么，她转身指着海湾那头巨鲸说："看到吗？它下巴不是长着一撮又长又密的胡髯吗？"

愣了一下，我仔细再看两眼，头抵礁台随波浮涌的这头巨鲸，它的下颔果然长着一撮又长又密的胡髯。

相当懊恼，"如此明显的特征，刚刚怎么会看漏了呢！"也许甲板视角辨认它们的习惯，留意的往往是它们的头顶气孔、背脊、背鳍和高举的尾鳍。

小女生又说："这头长髯鲸，时常来我们海边靠着休息呢。"

海上生活这么久，还从事过多年鲸豚海上观察，也上了不少辨识能力和鲸豚行为的课程，程度竟然不如一位住海边的小女生。

你懊恼地想："啊，不该逞能，不该急于炫耀。"

是不该"假会"，应该沉着点，不该如此莽撞地骤下定论。

大自然的奥秘，远超过我们想象。

看你犹疑的神情，朋友转头看你，没事地点了两下头。

这懊恼难堪的"假会"情境，如影随形，跟随了我好长一段日子。

归　属

人生而有命，这命何来何终，玄秘深奥，从来无人能解。

有人用星象，用生肖，或依血型，依十二宫命盘，用六合方位，用面相，用姓名意涵或姓名笔画，用体态或骨骼特征来探索人命天机。

然而，所有这些方式所能触摸的命，不过水面波纹而已。

每个生命，那深奥纷歧的命脉，如一座森林所蕴含的复杂生态网络，如高远无声的星宿夜空，如那深海无明的空寂，即使天马行空如探针似的思想都无可行触，何况是寻得归属？

你一直以为，每个人来自不同前世，无人知晓的原因，有缘相聚在今世。

前世来自天上的，或可称为“天人”，来自山里的就称“山人”，来自大海的自然是“海人”，来自鸟界的是“鸟人”，穿梭阴阳来自彼岸的可称为“魍魉”或“小鬼”，来自植物界的也称为“植物人”或“宅人”。

你认为，即使同个屋檐下的父母师长朋友兄弟姊妹们，能够亲密相处，只是机缘相重，每个都一样，分别来自相异的源头，也将各有不同归属。

乍看水面波纹，说理不就是同震共荡而兴起的涟漪吗？人形五官手足能言善道看来也都一致，差别的，恐怕都在前世深沉的源脉差异中。

两个人，两句话，相处一阵，差别很快就出来了。

天人聊天，鸟人谈鸟，山人论山，字句里处处迭影，三两句，便能勾勒出彼此心中同存共鸣的前世那幅画面。

唯独海人相认不易，因为海人的个性，往往如海沉默。

老远天际那反照天光的云朵下方，看见吗？那片离岸静默缓缓涌着、荡着老是浮着光点的海面，海人的心思，都漂在那、都泊在那。

当海人画了心中一条美丽的鱼，同是海人的你不会问：“啊，你还吃鱼吗？”

当你描述海上风光，海人绝不会问：“何不潜入海面下谈海？”

海人世界中，天天吃鱼也天天赞美鱼，吃鱼和赞美鱼，只是对话层级的差别，之间，根本没有矛盾。

海人也都明白，稍微都数千米深的海，去计较或讨论海面上下或其中二三十米，毫无意义可言。

海人喜欢吃鱼，也喜欢看鱼。

海人的心思融在海里。

海人的心绪常沉着于幽暗无明的深海。

海　人

你们在一段航程中认识，同个航程同片甲板一起生活的日子短短不过一年，但五大洋、八大海、多少海湾、多少海峡，你们一起操船，一起航行通过。

后来，分了船，你们在各自的航程中，面对不同的海景和海况。

尽管不同甲板，但你们时常不经意想起彼此共有的那段航程。

不过短短一年海上相处，难得的，你们仍长久维持着温厚情谊。

每回靠港时，你们读着彼此过时的书信。

这些书信，可能套了好几层转寄的信封，邮票上盖的，可能是来自世界各地不同城市的邮戳。

难得的是，每封信都如波如浪。

你们给彼此的信件，紧紧跟随你们的航迹和曾经泊靠的每一座港埠。

你们的身影是流动的，之间，又仿佛是流转互动的。

你们不仅漂泊于海港与城市之间，更多时候，你们是地球棋盘上，不停穿梭于经线和纬线间的两艘小船。

你曾在笔记本上留下一段记述：“数十年海人生活，航过许多海域，到过许多国家，遇过不少种人，觉得最温和、最亲切的，就是海人你。”

海和航海，自然是你们源源不绝的话题，各自浪来浪去云来云去的日子，都有共同的回忆和现实面对的场景来相互呼应。

你们胸臆中，从过去一直到可见的未来，始终存有如船舶紧贴海面般的共同迭影。

这种感觉，就像浮泛漂泊的日子，终于有了稳固的点可以依靠。

更重要的是，你们一致认为，岸上过于喧哗热闹，也认为人世里的一切过于繁复烦琐。

你们不一定喜欢，每段航程中承风受浪面对的不确定风险。你们喜欢的是，在每段航程中，不依赖太多外在支持，而你们贡献专业和专长，与船上每个海人同心协力，越过任何横陈在船头的风险，尽心尽力地，将一艘船平安地航抵目标港。

甲板上的日子相对单纯，但寸寸实在，寸寸累积。

你们的情谊，就建构在共同操持的这艘无形的船上。无须讲明白，但你们都晓得，这艘船将从此岸，跨洋远航到彼岸，航程中的每一寸都是考验。

你们以共同的海人经验认知，航途中绝无可能永远风平浪静。

所以，你们虽然分船航行，但多年来，你们一直都在同一艘船，同一段航程途中。

你搭乘接驳船，来到海上浮岛拜访他。

他早你几年从船上工作退下来，经营这座浮岛，已有七年光阴。

这座浮岛已拓展成约半公顷面积，是一块浮于海面的家园。

他在驳船码头接你，几年不见，他仍然豪迈中略带几分沧桑的搏风搏浪身影。

码头上碰肩擦颊后，他转身抬头，两手一横，豪迈挥洒着说："你看见的这一片，就是这些年来的耕耘。"

浮岛左方，田亩四方，一洼洼绿意序列铺陈，显然一片迷你农园；右方，矮寮竹屋，牛羊猪鸡处处，是座小农场；中央夹着两米碎石子路。

他邀你上了后拉平台三轮牛车，一路咿歪摇晃，直到路底一栋木屋。

牛车咿歪途中，他勤快愉悦地为你介绍："这边浅的打桩，那头深处下锚，将一艘艘满载泥土的方舟，并绑而成这方浮动的海上家园。

"一辈子海风、海浪，心里明白，我们都已上不了岸，回不了家。

"所以动念头，自己造岸，自己造岛，建造自己的家园，铺展个方寸，来寄托海人余生。

"已为你留下西南角，坐北朝南那艘船，不，那块地，欢迎成为岛民。"

"别担心投资额高低，"看你低头不语，他进一步说明，"想想，比起城市狂飙的地价和房价，这浮岛的投资，真的不算什么。"

"你说得对，一辈子大海浮晃漂泊，谁不想安稳安定，谁不想脚踏实地？”才说出你期望安稳安定的见解，海人的敏感，让你即刻感觉到，这座浮岛，不晓得什么原因，微微晃了一下。

“没问题的，”同是海人敏感的他，不用多问，立即对这阵微晃，响应解释说，“面积够，这样的晃动，绝对比陆地上的地震频率和地震灾害轻很多。”

船　房

你在他海边的家做客，水手退休同是海人的他，热心带你参观他的房子。

你发现，房子地板上，处处留着两寸四方的孔洞。

这些孔洞，乍看似是不规则散布；细看，又觉得像是巧心安排，像是按着兵略图谱，给排出来的阵势。

每个孔洞，似乎都有相对关系。

不明原理，但乱中仿若有序。

你想到的尽是浮面琐碎：这些孔洞，不妨碍屋里生活起居吗？这些孔洞，不怕蛇鼠虫虺钻进屋里吗？

明白你的疑惑，他解释说："这些孔洞，是为了让海流进出。"

"海流？进出？"

你仍然疑惑不解：尽管近海，这可是栋扎实的陆地房屋，何必留孔洞让海流进出？也或许是房主提到海流吧，这些孔洞让你进一步联想的是，船舶的水密隔舱设计。

当晚，强烈冷低压忽然转向来袭。

窗口风声戾嚎，屋缘面海那侧，涛声滚滚，如兵马杂沓对着屋子汹汹扑袭而来。

整栋屋子，在如此恶劣天候海况下，阵阵咿呀摇晃。

平日或许好山好水，海边这栋房子如今的处境，实在堪忧。

夜半，屋子在一阵剧烈冲击震荡后，波波摇摇，整栋屋子，竟就软软摆荡了起来。

你惊慌逃出客房，只见地板那些孔洞，汩汩冒水。

显然这栋房子受巨浪侵袭，而且，整栋被汹涌的浪流，带离了原来位置。

“赶紧逃离屋子。”你脑子里的反射反应是这么想。

才发现，房主就站在客厅，姿态平稳笃定，似乎并不在意，房子已被浪流冲走。

“别怕，”他说，“看到吗？这些孔洞让浪流进来，也让浪流出去，屋子因而平稳前行，不会翻覆，不用害怕。”

你这才知觉到，果然整栋房子顺流前行，水流从孔洞中顺序来去。

这分明是编排好、安排好的航行状况。

房子在夜暗风雨中，稳健航行。

“这，这到底是一栋房，还是一艘船？”

“我们这脚踩的，到底是地板还是甲板？”

暗夜中，你思绪混摇，惊惶未定，也无从分辨。

也不晓得漂了多久，这栋房，不，这艘船，哐当一响，再次剧烈晃动。

你探头往窗外看，房子是停在一处平坦的海阶地上。

若船只的话，这就是搁浅了。

这时，房主也探头窗外，探看了一阵子后，像是下达命令，他说：“下锚，就这里了。”

他的意思是，“此后，就定居此处”。

看你一脸疑惑，他又说：“别怀疑，上回那位置，也是这样漂来的。”

你终于明白，他的屋子是船房。

漂到哪，住到哪。

阮　及

你们小钓船在外海礁台边，遇到一大群“疏齿阮及鱼”。

这鱼，体态柔软粗壮，肉质水含量高，成体身长约六十公分，生性害羞，但又贪婪好食，阔嘴里如桩杵稀疏，几颗钝牙。

该鱼以其齿型特征，和发现该鱼种的知名鱼类专家“阮及先生”为名。

一般简称“阮及”。

这一大群阮及，躲在礁台下阴暗处，你们的钓船与礁台保持两公尺距离下钩。

老船长不仅开船技术好，他也晓得钓这种鱼，适用团饵和粗钩，饵就下在船边明亮处，并上下大幅扬竿提放，躲在阴暗角落的这群阮及，肯定受不了这样的诱惑，将会一条条不顾一切地轮流冲到亮处就饵。

果然，下钩不久就传来鱼讯。

阮及体型不小，但中钩挣扎通常只在瞬间，以它们的个性，很快就会放弃求生意志。

阮及一提上甲板后，阔嘴和鳃边汩汩出水，仿若钓上来一只粗壮但快速失水的水袋子。

老船长熟知这鱼习性，又遇上这一大群，丰收不难。

一条条阮及，轮流被你们拉上甲板。

整片甲板，全都是湿淋淋喷溅排水的阮及。

船长歇下钓竿，回头整理渔获。

渔获得排列整齐，小小钓船才能装载更多。

老船长懂得这道理，他动手将一条条失水后的阮及，折迭衣物似的，好几折，鱼体折成约尺二方块，然后一块迭一块，八条（块）一迭，阮及被整齐一致地堆栈在钓船甲板上。

尽管如此，贪食的阮及，仍然一条条被拉上来，但船上阮及迭成的鱼砖，已迭满所有甲板空间，小钓船已经满载。

问题是，礁台下这群阮及仍然强烈索饵。

接下来，怎么办。

没问题，老船长在甲板上拉起好几条尼龙绳，并将继续钓获的阮及，对折披挂在尼龙绳上。

没错，情景就像滴水晾衣。

接着钓上船的阮及，被一一晾挂在尼龙绳上，滴水风干。

当好几道尼龙绳都晾满了阮及，但船下阮及，仍不休止，仍然强烈索饵。

“没问题。”老船长自言自语，他又弯身在舱里拿出好几根七尺长木杆。

他将这好几根木棍，直立插在舷边。

接着，他将钓获的阮及，就一条条由鱼嘴鱼鳃穿绳系绳，在这一根根直立的木杆上，由下而上，一整排，系绑继续钓获的阮及。

当迭满、晾满、也系满所有木棍时，恰好，这群阮及一条不漏，全数都上了船。

真正的满载丰收。

船长谨慎回船，船头朝南，指回三里外的青山港港嘴。

南风微，船首迎风起伏，船长赶紧取了些不锈钢夹，将尼龙绳上晾挂的阮及一一夹住，免得被海风吹走。

系在木棍及夹在绳上的好一些阮及，南风从它们阔嘴灌入，一条条阮及吃风鼓胀了身子，还真像是一片片风筝，真像是一条条鲤鱼旗，整排整列地，随着船行，迎风招摇。

航　程

这是一段非去不可的航程。

将要离港的是编号 FH-101，全球最顶级的前翼船，航程将经过全球没几个人到过的“神秘大三角”海域，也将通过公认的海洋天险“门闭海峡”，目标港“外鼎港”，有“遗忘的地球角落”别称。

排除万难，终于在开航前夕，买到候补船票，并顺利在开航当天，硬是挤上甲板。

你内心充满期待，这将是一段充满惊奇和惊喜的冒险航程。

船只轻盈离港，船只前翼前伸，开展破浪，浪流与飞翼平衡作用，船只安稳如在云端凌云滑翔。

开阔海域平静航行七天后，大副广播宣布：“船只将进入闭锁水域，门闭海峡，为了航行安全，船只通过海峡时，全数乘客穿戴救生衣，集中在顶层甲板，并且，这段航程中，甲板禁止走动，并禁止交谈。”

乘客们听命穿着救生衣，如在演习，依序且安静地上了露天甲板，各自攀着船栏等待通过门闭海峡。

你也依规定穿救生衣攀着船栏，但心头发闷：搭这么多趟船，也算跑过五洋四海，还不曾遇过如此严苛的甲板管制。

这才发现，船只已蹑手蹑脚、小心翼翼地航进门闭海狭的窄迫处。

这时，船身横宽仅略窄于海峡，两岸峡壁耸峭竖立，草木不生，前翼船以其高超的性能和航技，探步缓进。

船只若稍稍偏差撞及崖壁，恐怕是一场不得了的灾难。

忽然，空中乌云密布，雷声大作。

一记记闪雷击落船只前后，雷影声光，经峡壁回荡烘托，回声同震不断放大，直如重炮轰击。

炮声隆隆，四处火光，水花激荡，没说清楚还以为闯进一场惨烈的海战现场。

随即，骤雨滂沱倾落，乘客们不敢动、不能怨，只能埋首默默淋了一身，承受一切。

状况接踵而来，前方峡道上空，不晓得有何必要或有何特殊功能，如原始森林里蔓爬的垂藤，杂乱地在峡道上空横垂横阻着一道道高压电缆。

这艘前翼船桅杆顶足足有一百五十六米高，大副率领几位水手，手持绝缘长竿，爬到驾驶台顶阳台高处，轮流用长竿，一一撑高低垂在峡道上空的电缆，让船身一寸寸谨慎通过。

每撑过一道电缆，水手们立刻一阵高喊，警告底下的甲板乘客，必要机灵闪过从桅杆顶一道道荡下来如瓶杆粗的高压电缆。

航道依然窄隘，大雨仍然滂沱，雷闪持续轰击，船身孤高，甲板随时可能落雷，乘客全身湿淋如落水难民，还得战战兢兢，随时躲避一道道荡下来的高压电缆。不能逃，无处躲，峡道纵深深远，仿如永远没有出口。

你心里惶恐害怕，既讲不出口，也无从抱怨，因为，是自己排队候补，硬是挤上来的。

这时，船上所有乘客只能抱着闯关、过关的心理，所有苦难只能无奈承受、承受、再承受。

说不出口的后悔。

“真不该来的，这是一段不确定、不愉快、没希望、也没出路的航程。”蹲身闪过一道高压电缆后，你又湿又冷又慌又乱，全身颤抖。

来不急喘口气，又是一道电缆落下。

这是一段非去不可的航程。

将要离港的是编号FY-103，全球最顶级的后翼船，航程将经过全球没几个人到过的“神秘八角海域”，也将通过公认的海洋天险，“开门海峡”，目标港“鼎边港”，也有“被遗忘的宇宙角落”之称。

好像忘了上一段前翼船上的苦难航程，你排除万难，还是在开航前夕买到候补船票，开航日那天，还是硬挤着给挤上甲板。

内心再次充满期待，这将是一段充满惊奇和惊喜的冒险航程。

季　鱼

开春后，你比过去更频繁地去逛开市不久的渔市场。

走走逛逛，看看这摊，瞧瞧那摊，不询价，也不同寻常买鱼顾客般拣拣点点，对摊架上的渔获谈论褒贬几句。

与其说看鱼、逛鱼，不如说，你在等鱼。

每一季都有你等着的鱼。

你等的这些鱼，统称“季鱼”。

“春鱼”“夏鱼”“秋鱼”“冬鱼”，随时序流转，简单明白。

每个季节，你就等这几种鱼。

你等的这几种季鱼，不算名贵，都属于平价，甚至是贱价鱼，但都是季节代表性鱼种。

了解渔产的都知道，平价贱价通常不是鱼种或鱼的肉质不好，而只是随季节大量洄游来到，有量就没价，渔获跟农产品的价格高低属性相同。

不同季节，不同季候，不同水温，不同风向，不同海流，所有生命都深受环境影响，每个季节特殊的环境节气，各自锻造出各季不同的鱼种。

合时的菜蔬甘甜，合时的鱼种含油肉嫩，“不食不时”，等待季鱼的道理其实简单。好比春天采梅，夏季芒果，秋收文旦，冬摘柑橘，但村子里没几个跟你一样，心里住着好些季鱼。

开春后，好几次，你梦见甩尾离开的春鱼。

梦醒后你心里不安，心想：“为何还没进来，就急着离开。”

开春后，你常去逛渔市，就是想亲自等待及见证，来辩解自己梦里的不安。

一趟、两趟没等到，三趟、四趟也都落空。你心想：“杜鹃含苞，山樱花都已盛开，你们为何还不来。难道你梦里的回身，喻示着告别吗？”

木棉一树火红，苦楝满树文文淡紫，你们再不来，春季就要过了。

第七趟，终于等到。

不如过去那样，好几排、一大片或参差成堆，躺满渔市。今年，整个渔市，只零星、零落几条躺在并不显眼的鱼摊角落。

“总算来了，你们再不来，这春将有破绽，这年，将有遗憾。”

你选了一条，带回家。

砧板上，转了好几个角度，你仔细观察这条春鱼饱满的身形和流水般柔漾的流线。

它的背，是海水深沉墨色，它的侧身，以浅绿和灰蓝荡起大海开春后的波纹和涟漪，它的腹，是这一季水底仰望的银亮天色。

你手持才磨利的刀，轻轻划开它的肚腹，熟练取出它的内脏和鱼鳃，发现它肠胃干瘪，判断应该一段时日未曾进食。

你的手，因为沾了它春天的血腥和春天的油臊，而感到滑润。

它嫩红肉块沾酱油芥末，化在你的口里，一再安抚你开春的渴望和欲望。

这一年春天的气力，都因为这条春鱼，而得了机会饱满。

你满足地闭起眼，感觉春风拂吹的海上涟漪，你以它的眼，看见这一季它看见的海。

终于明白，它为何迟到。

吃完这条春鱼，你完全明白它梦里甩尾离去所谕示的深意。

当东风逐渐转为南风，春末，你再次梦见春鱼。

这一季，它靠岸洄游，它上岸洄游，它即将离岸洄游。

梦里，它说："明年春天，有机会再来。"

懂得吃它，才有期待。

有了期待，它才会再来。

春风过后，你开始期待夏鱼。

你的夏鱼，是条阳光下打伞的鱼。

分　享

新船竣工，向晚时分，你来到造船厂做最后打点，准备隔天吉日吉时下水。

舷墙粉橘新漆，灯下熠熠反光。

很少人给船只漆这样鲜亮的底色，你以为，这艘特殊设计的新船，得搭配特别漆色来彰显它形体及功能的优越。

真是艘壮丽的侧翼船，两侧飞翼鳍端六十度角昂起，除了平稳两侧浪流，这样的设计，将大幅节省燃料及有效提高船速。

带着看新房的好心情，你从船头绕到船只背光那一侧。

喔，原本空着的相邻台车轨道上，不晓得什么时候，拉上来一艘体长不及于你新船四分之一的老旧小船。

老船底漆剥落，舷墙斑驳，像是得了壁癌或皮肤病，与新船并排对比，更显寒酸猥琐。

“应该是上架来做年度保养及整理的吧。”才这样想着，你听见小船另一侧传来工作铝梯搬动时的夸夸触地声。

“这样晚了，谁还在工作？”你举步绕过小船船头，想说，打个招呼。

这人高踩在铝梯上，手提漆桶，正在给这艘小船手工上漆。

“这打拼。”你出声招呼。

这人高高转过头来，昏黄灯光下，姿态脸色几分尴尬。

这才认出，原来是过去在海上与你有过多次争执，并在岸上处处与你为难的赖桑。

你偏了一下头，发现赖桑将他的老旧小船，也漆成与你新船同样的粉橘色。

你转头在他船边地上又发现，大漆桶、一些木料、铁器工具等，都十分眼熟。

这才恍然明白了，他何以神态猥琐。

心里有气，他趁夜赶工，为的就是贪得新船剩余的这些材料。

虽是剩余材料，但未经同意就擅自取用，等同偷窃。

双方在昏黄灯下尴尬愣住。

你意念飞快。

或许该拿出手机拍照存证，然后报警处理；或据以要求造船厂估算残材价值并从赖桑的修护费中扣取；或者，你念头一转，剩下的残材，说起来也不值多少，不如放下怒气，放下过去恩怨，表明慷慨赠予赖桑，多少修补些过去的恶劣关系，树敌不如增友，藉此重新开始与赖桑的关系也好。

还未决定该怎么处理这场不小心撞见的尴尬，没料到，赖桑倒先开口了，他说："剩的不用，丢着也是浪费。"

辑三

起风的海

炎阳直视赤道一阵子后，开始缓缓偏向南方，时序九月，节气秋分。

一开始，你只是三两天来一回，给海洋母体的脸上、身上，搔弄些细微的风纹和风痕。

这时节，她还时常仰面仰望天空。那里白云牵拖成丝，夜里，明月一天比一天皓洁。

有时，她转身侧躺，遥望岸缘崖壁，上头孤挺的林梢，常拨动心弦般，轻轻颤摇了几下。

她心里有数，过度饱满的暑夏，已孵化的蛋壳般裂出秋的缝隙。

阳光里开始渗进风丝，凉冷从北方天地间发轫，逐渐朝东南延伸，一步步漫向海天之际。

一开始，你带进海域里的风只是把小梳子。

先梳过高空云丝后，你下来拂梳母体海面。

这时的你，不带情绪，只轻轻细细一下下节制地梳理。

你的指头如梳齿敏感，细细地抚过海洋母体身上每寸肌肤。

她的皮肤因而皱起一阵阵浮荡的疙瘩。

一季炎阳后，她眯眼细腻感受，你这带着凉意前来的轻俏指头。

三天来，两天来，天天来，小梳子变成大梳子。

海洋母体不置可否。

随日子偏移，你得了势，壮了些胆，梳子转而为拂尘的掸子。

梳子和掸子作用不同，挥洒的力道自然不同。

海洋母体敏感知觉了。

恍然睁眼，她的心情浮出海面，风波成形。

她的情绪高涨不少，她的心情深刻许多。

你装作谦和，低头过来轻挥掸子，像是为了弭平她心头轻涌的波折特意前来。

现实上，阳光已一日日偏离视角，不再像过去那样热烈纯情地守着她看。

时序冷热轮转，平静温暖的日子后，她心底明白，接着来的波折、震荡，都是生命必要的深刻过程。

好吧，她坦开胸怀暗自说，这一季，只好任你掀、任你翻。

你因而受了鼓励，转身揽住北方大把寒冷，以箭头似的锋面，一波波加强了劲道。

掸子变为扫帚。

不再是表面拂掸，你让这把扫帚带着魔法巫术，准备侵门踏户，深挖深掘。

整修内部般，这一季，她关起门扉，不再欢迎陆地闲荡的船只来访。

这时节，每褶浪涌在你的吹啸扫荡下，一再堆聚，而高耸，而崩裂，而坍颓，她墨蓝身上满布你刨挖的白花坑凹，一而再，一而再，不断高耸突涌成她体表一座座涌动不息的墨蓝山丘。

还不歇手，你在空中吹紧哨子，继续在她身上高刨深挖，不停掀出急走海面的浪丝浪霭。

“好吧，”她坦露胸怀说，“这一季是你的，既然这样，这一季就任你耕、任你犁，任你蹂躏和发泄。”

重　症

你罹患重症，心肺腐烂，病危。

医生会诊后建议，必须在海水手术室中进行心肺切除，才有活命机会。

当然知道，这是一场大手术。

医疗团队慎重其事，一早就来到岸上的手术室做术前准备。

当一切都准备妥当，医疗团队们旋转手术室东南角落一扇亮晶晶不锈钢门上的一只圆盘旋栓。

咿呀一声，钢门打开。

里头滔滔浪声。

医疗团队，各自拉起衣摆，陆续走进不锈钢门，走进水里。

等候室里，只剩躺在病床上的你和一旁照顾的我。

我发现，你在病床上屡屡吃力地想要翻身。

我走过去，俯低身子，拍拍你的肩，问你何事不妥，又何事不安。

你呼吸急促地跟我说："快，赶快逃，赶快推我离开这里。"

你喃喃说："这是一场阴谋，他们为了省事，不想费神治疗，打算淹死我。"

不是恐惧手术成败或挨刀疼痛，你不安的原因竟然是害怕溺水。

"不会的，"我安慰你说，"时代不一样了，医生有他们跨领域的专业考虑，别乱想了，医生说过，进入海洋世界，才有机会把你给救回来。"

显然，你并不接受我的安慰和说明，仍然用尽所有气力，一次又一次地想要从病床上翻身。

幸好已病危体弱，不然你真的会翻身下床，逃出手术室，逃过救自己的机会。

也幸好，好几位手术室的护理师及时过来接手。

你被推进那扇不锈钢门时，嘴里咿唔，两手拼了命高高举起，想做最后挣扎。但很快被护理师给压制住。

就这样，你被推进手术室，被推进滔滔浪声里。

看你没入水面瞬间，我仍然犹疑了一下：“海水里进行手术，真的救得了你吗？海水中进行手术，真的不会溺水吗？”

无解，没有答案。

“也罢，都病末了，还能如何？”只好这样告诉自己。

真是一场大手术，足足四个半钟头后，手术室的门才打开来。

一位全身湿泞、不断拉着衣摆的护士小姐开了不锈钢门走出来。

我赶紧攀过去问：“手术情况如何？”

“很顺利啊，”护士小姐带着鼻音水腔声回答说，“切除过程中，一点都没有臭味。”

分　手

分手后，你明白，你和他只剩下不期而遇的机会，才有可能再次相见。

人海茫茫，人世里不期而遇的机会，将如同飘在风里但想望落在同个点的渺茫飞絮。

你们生活重迭的部分只有海、只有船，而海那样宽那样深，船只又如浮萍来去不定。

离岸远航的船只，往往十天半个月也遇不着另一艘船。

你们像是两条随大洋洄游的小鱼，在空旷海上不期而遇的机会，微乎其微。

唯一可能，就剩下相对于海、于陆，都算是边缘的海岸线了。

你知道，没出海的日子，你和他都有独自沿海边散步的习惯。

走在陆地边缘，为的是，同时也感觉走在海洋边缘。

对比航海时如何也追不着的空虚海平线，海岸线，的确是一段实在可以依靠的地平线。

海岸线尽管挂着海洋宽广的“姓氏”，但海岸线不过窄窄狭狭，是一道条状、带状的蜿蜒曲线。

特别的是，南来北往，在这条在线踽踽独行的视野，肯定不会错过走在海岸线上的任何孤独身影。

除非，两者间是等速、等距，而且始终保持前后的同向关系。

或者就是他刻意改变了走海岸的习惯。

最坏的可能是，你们彼此间已经走到视而不见的地步。

你当然不会为了不期而遇而刻意去走海岸，但你确实比以往更勤快地时常走到海边。

你也不止一次问自己：“奇怪，为何还遇不到呢？”

沙　紫

河口左岸隔几座礁台后头，有一段约两百四十米长，微微内凹的沙滩海湾。这小段海湾与众不同，滩上铺的不是白沙，不是黄沙，也不是乌沙，这里可是地球上唯一一段完整的紫色海滩。

黎明或黄昏，当天光斜照时，蓝紫，米紫，藕紫，粉紫，红紫，薯紫，如流光飞快翻阅紫谱，海滩颜采层次，紫紫多变。

偶有游客问起："何以是紫色？"

"紫气天成。"大概是接触过这段海滩的所有人，最直接的感受与表达。

这段紫色海滩形成的实在原因，恐怕连在地耆老，也说不出个所以然。

现象，通常是一连串的机缘巧合，加上长期累积所形成。

地质兼海洋专家，又兼海滩解说员的胡先生是这么说的：“之所以有这段紫气沙滩，与邻近这条河上游的山脉有关，不仅如此，还跟季节有关，跟风向有关，跟流经沿海的海流有关，也跟潮汐大小有关，更与气温高低有关，这段紫气沙滩的形成，其实缘由无从细究，是由缺一不可的一连串巧合组合而成。”一口气流利讲完，胡先生的解说，真是经验丰富。

还不够还不够，胡先生继续说：“上游高高山头上，这是老天才知道的原因，不知何故蕴含了少量砆石，河水经年淘洗，带到下游河口的砆石粉末，恰好是濒临绝种的大洋浮游紫光藻，特别需要的养分。

“每年开春，海水一日暖过一日，日照渐开，此时，紫光藻浮游经过河口海域。

“偶起的强劲春阵风，将河口海流大量吹往左岸。

“这时节，更恰恰好是紫光藻的繁衍季节。

“当紫光藻浮游来到的夜晚，河口海域紫光眨闪。因为海湾洄流，紫光藻们大约有九八七十二小时间可逗留在河口水域。它们得把握这时机，尽量抓取砆石养分。

“这七十二小时内，若恰巧刮起强劲春阵风，又适逢满月大潮，紫光藻们将随着满溢的潮水铺上左岸沙滩。

“一涌一退流荡间，紫光藻们得把握这难得时机，遇见另一半。

“找到的话，紫光藻将俩俩抱贴合体，转眼间，它们快速硅化结晶，合成紫砂。

“有了重量，紫砂结晶便纷纷沉积在滩上。

“就这样，它们紧紧抱着，双双对对，紫紫亮亮，搁浅在滩上。

“就这样，形成这段难得一见的紫色海滩。”

“啊，如果这七十二小时内，来到河口的紫光藻们，没遇到春阵风，或者，恰好没遇着满月大潮，那怎么办啊？”游客之一好奇发问。

“很好的问题，那只好就离开啊，只好继续浮游，等待下一次机会。”胡先生以颇为无奈的表情配合回答。

“啊，这样幸运搁浅在滩上的双双对对，又如何繁衍？”另一位游客细腻追问。

“也是好问题，那只好就等待隔季夏末了。夏末多豪雨，河口横宽，水位暴涨。紫色沙滩上的紫砂受雨水、河水、洪水冲刷，先后流回海里。紫砂浸泡海水超过九九八十一小时后，紫砂龟裂，里头释出三十二颗单细胞紫色胚芽，随夏末南季风及南向海流，进入大洋浮游。”知识让胡先生自信满满从容回复。

“啊，这样滩上紫砂都流进海里，滩上不就没有紫砂了，何来紫色沙滩？”继续追问。

“观察真细心啊，那又是再隔季的事了。秋起，北风号啕，风向、流向逆抵，河口海域涛涛巨浪。海底这些生过、裂过的紫砂壳，受浪涌推，再次回到滩上搁浅。紫光仍然，那是爱过的痕迹，不像陆地上花季短促，紫光藻它们爱过的砂壳，紫光将维持至少十二年不会消退。”

“啊，数量这样少，繁衍率又这样低，紫砂将如何铺成这两百四十米长的紫气沙滩？”这位好奇的游客打算追问到底。

“这位姑娘真的很爱问。”胡先生心想。

没关系，多年解说经验，难不倒他的，胡先生维持耐心继续解说：“是这样的，累积的重要性就在这里了，注意，终于轮到冬季了。冬天，海风、陆风同时强劲，滩上紫砂，吹下海，刮上岸的都有，算是维持了这季节滩上的‘紫量平衡’。滩上的紫砂壳，因为吐过精华，质地较轻，骨质疏松般，强风一吹，滩上的紫砂壳往滩尾随风滚动。啊，想想那画面，真是一群紫色精灵，它们发出紫色余光，滚滚、跑跑、跳跳，往滩尾横铺弥漫过去。如此，一连串机缘巧合，造就了‘紫气天成’这段两百四十米长的紫气海滩。”

尽管已算是功德圆满地解说了这段紫气海滩，胡先生还是偷偷喘了口气，趁游客们转身望向紫色沙滩时，伸手悄悄抹去额头上的几颗汗珠子。

冲　浪

你和朋友们聊起“海豚圈养问题”。

大家都晓得，任何动物被关起来养，都不会是愉快的事，何况关起来养的海豚，还得受训练、做表演。

大家也都明白专家的建议：“关于动物观赏，有能力的话，尽量到它们的栖地拜访，对它们的伤害最小。”

尽管如此，但这些在岸上被圈养受训练已经好些年的海豚，它们已经无法回到大海，确定已经回不去它们原来的家。

大海里生活的海豚，它们必须仰赖家族团结合作所累积出的紧密分工关系，才有生存机会。换个说法，大海环境中，个体海豚将无法存活。

大海茫茫，我们人为能力，确实无法为池子里的海豚找到它们的原生家庭。即使大海捞针般，万一幸运找到，海陆隔离这么多年后，生活习气、生活能力等，都将与原生家庭成员完全陌生。

谁也无法保证，放回去的海豚会不会被原生家庭接纳。

“既然放回海里，形同放死。”你建议说，“首先，当然得确定不再从海里头抓海豚来养。接着，目前我们可做的事，至少让池子里既有的海豚，比较快乐地过日子，比较快乐地度过余生。”

你进一步说明：“圈养如同关监牢，肯定是不愉快的，但是，如果每天有很长很长的放风时间，而且，将这放风时间设计成是海豚们的游戏时间，它们坐监的日子应该就会比较开心一些。”

海上观察多年，你知道，海豚个性顽皮好动，特别喜欢冲浪游戏。无论船头、船尾，它们喜爱乘着船只搅推出的浪涌，以身体为冲浪板，冲滑在浪墙间。你的具体主张：“只要给海豚们一个约五十米标准游泳池长宽，并具备人造浪功能的游戏池，不用训练，它们的本能，肯定会主动在浪弧前缘玩起冲浪游戏。”

“谁来做这些花钱的硬件设施，若只是为了让圈养的海豚们过得比较开心比较愉快？”

“当然是观众啊，海豚游戏池四周设看台，观众购票进来看海豚冲浪。海豚是自主游戏，并不是做表演，但它们这样的自然行为，肯定足以让观众欢呼连连，大叹值回票价。”

明　星

为数众多的草海豚汇成迁徙队伍，如海上一道湍急溪流，汹涌流经村子外海。

发现海豚群后，村民们守望通报，村里渔船纷纷解缆，匆匆出航。

船只来到海上集结，在海豚洄游队伍前缘，列开横队，分别将铁棍铁棒插入舷边水里，一起用力敲打。

海水里声波传递迅速，这阵铁器敲击声，将让草海豚队伍警觉，前方有成排声波障碍。

恐遇凶险，海豚队伍只得转弯。

船队排列的阵仗及角度是设计好的，海豚群一转弯，只能转进村子湾口。

当海豚队伍慌忙冲进湾口，船队仍然舷边敲打铁器，立即随后包抄围了进来，合力将这群草海豚往愈来愈窄的湾袋里赶。

最后，这群海豚就在湾袋底村子前的浅滩处一一搁浅。

岸上村民们早已备好钩缆、磨利砍刀，这时，纷纷提了家伙，下来村口浅滩，一一砍杀这群搁挂在浅滩上的草海豚。

也有些村民开船用镖枪追猎绕过村子湾口、没被围进浅滩的少数海豚；也有不少村民，沿海撒下绵长的流刺网，终结者般，拦截海上剩余的草海豚。

村子湾口及沿海，因这场猎杀，处处腥红，处处喧哗热闹。

这些天，王村长好几次来到村子岸缘，为村民们的丰收道贺。

这天，当王村长走过一堆割颈放血，仍在滩上扭动颤抖的草海豚身边，村长发现，其中有只身长约两尺，显然是出生不久的草海豚宝宝，依偎陪在受难的母海豚身边。

村长弯下腰，抓紧头尾，将小海豚一把抓起，并将这只草海豚宝宝高举过头，仰天用力一声吆喝。

王村长当村长前也是渔人，高举猎物并大声吆喝，是岛上传统渔人炫耀猎物、提振猎杀士气的粗犷原始行为。

也或许是成体草海豚的身长、体重，不允许王村长这么做吧。

王村长因为村长身分，虽不是亲自参与这场猎杀，他只是捡现成的，以炫耀猎物行为，来鼓励、嘉许村民们的辛苦丰收。

没料到，王村长这起临时起意的演出，竟然不给面子地当场出了意外。

谁晓得会这样，这只被村长高举过头的草海豚宝宝，忽然皱起眉头，将原本始终保持微笑的眼线、额线和整个可爱如动物明星般的脸容，皱成龇牙咧嘴瞋目怒视状。

宝宝嘴喙张开，露出满嘴好几排楔形且锯齿边如狼鲨的尖锐利牙，还一口口发出类似眼镜蛇发动攻击时的吓吓声。

海豚宝宝这声斥喝，将王村长炫耀猎物那声吆喝完全覆盖压制。

王村长闻声昂头，当场吓到，海豚宝宝那脸、那眼、那牙，根本是只来自异界的小恶魔。

王村长急忙往前摔下草海豚宝宝，自己慌张倒退三步，脚一软，跌坐在滩上。

王村长两手撑地，一边往后爬，一边畏怯地望着被他摔在前头但还瞪着他看，并连续对他发出咆吓声的草海豚宝宝。

王村长腿股发抖，嘴巴张得挺大，大口喘气，久久说不出话来。

聊　天

你们俩相约黄昏散步，约在岬边那棵粗壮的老榄仁树下碰面。

两句寒暄后，开始你们今天的海边散步。

这天，你们散步的目标是隔着这道长湾，坐落于滩尾遥望的另一座鼻岬。

约在这位置见面，目标明确，两座鼻岬间，散步路径就弯铺在你们眼前这泓卵砾滩上。

夕阳斜照，海面夕晖浮动，从岸上看去，你们俩散步的身影，如晃晃海亮里的两个频频转头聊天的墨色剪影。

滩上卵砾参差，不若踩在平地般步履稳实。

你们一下踩歪了，一下踩滑或踩虚了，途中颠踬步十之五六。

这段海滩路虽然路径明显，但下脚着实不易。

依你们边走边聊的脚速，走完这段长滩，天恐怕早就黑半边了。

你们似乎胸有成竹，并不在意时间在颠簸中流失，脚步尽管趔趔不稳，但你们仍朝着岸缘碎浪区，边走边聊过去。

碎浪区里，上岸破碎的海浪，发出兴衰节奏，反复进退，像是海洋与陆地永远也聊不完的话题。

你们俩看似打定主意，避开滩头琐碎的卵砾，选择被冲岸浪涛往复拖平的碎浪区继续散步聊天。

你们不惜打湿了鞋子和裤管。

接着，你们直接走进浪头，直接走进约半人高的卷浪区里。

还一边聊着，一边走进浮着夕晖、深度超过人身等高的涌浪区里。

没看到你们俩浮出海面游泳，显然你们并不是将今天的“散步聊天”更改为“海泳聊天”。

“聊成这样，这下应该不能聊了吧。”岸上有人看你们聊天聊到顾不了海陆差异，开始讲闲话。

其实，此时的你们，仍然保持散步聊天姿态，只是走进海面，走在海湾海水底下，继续散步聊天。

比想象还要短的一段时间过后。

遥望的另一座鼻岬边，水下散步聊天的你们，头部先露出海面，接着腰腿露出，你们穿过卷浪，踩过碎浪，一起走上滩岸。

你们头发湿濡，衣摆潺潺滴水，仍并肩一边聊着，一边走到今天散步的目标鼻岬，海湾终点。

夕阳斜照，海面夕晖仍然浮浮闪闪，看来海中散步聊天不如想象困难。

有人追问你们："请问，请问，你们海水里如何聊天啊？"

你们同时转身，一起回答说："吐泡泡啊，鱼跟鱼见面，不都是这样聊天吗？"

虹　虾

穿过木麻黄防风林，进入开阔海滩。

天色暗，怕跌跤，你蹲下身，在滩上匍匐爬行。不晓得为什么，这段海岸规定夜里不准点灯。

浪声退得老远，应是退潮时分，可又觉得微微海波就荡在你身边。

好不容易等到破晓，视线终于明朗。

原来，你刚好爬在一滩潮池边。

天亮的礼物般，你立即发现，脚边的潮池中有只难得一见的虹虾，趴在浅水滩缘。黎明微光下，这只虹虾两根柱状眼，挺得特别炯炯晶亮。

小心翼翼地，你将两掌轻轻浸入水中，并缓缓欺前，朝虹虾伸过去。

没料到，它竟然毫无警觉，乖乖就手。也不晓得是天光骤转产生的迷惑，也或许是还在惺忪沉睡中吧。

更意外的，它在你渐渐紧缩的掌握中，竟然认命般动也不动。

另只手慢动作，你慢慢抽出口袋里的标本瓶，然后将掌握中的虹虾虾头朝内，推进瓶口，打算让它顺势溜进玻璃瓶中。

没想到，以为十拿九稳的这最后一刻，它猛爆似的，用它所有劲道，抓住这最后关键机会，孤注一掷地，猛然一阵腾跃。

这突动、突发，让你吓了一跳，瞬间松了一下持续掌握的注意力。

趁机趁势，它挣离你的掌握，落回潮池。

扑通一响，瞬奔逃窜，很快消失在潮池深处。

真是遗憾啊，到手的虾子，就这样飞了。

遗憾之际，你举起透明玻璃标本瓶一看，又吓一跳。

这只虹虾，竟然好端端的，头朝内，以完好的姿态，留在瓶子里。

你低头看了一眼潮池，又抬头看了看玻璃瓶，真的是天光骤转产生的迷幻吗？

不相信，明明看着它落下潮池，并且当着你的面潜逃消失在潮池中。

怔愣之余，你晃了晃、转了转瓶身，仔细观察了一下瓶内的它。

这才发现，它动也不动，留在瓶子里的，是这只虹虾的外壳。

就这样，你忽然有了被耍弄的感觉。

这只虹虾，在天色将明未明之际，在你眼前活生生地演了这出“虹虾脱壳”的把戏。

造　船

海鼎造船厂从复审五十六组参赛队伍中，选出三组团队进入决赛。这三组将进入造船厂实作造船，争取十年一度的“海鼎杯造船大奖”。

这是一场高额奖金且颇具国际知名度的造船竞赛，延续传统，这场赛事有四大规则：一、造船构想不拘。二、船体规模一百至两百吨。三、造船材料不限。四、工作团队必要于三周二十一天后造出实体新船，并下海检验造船构想和测试新船性能。

三组团队各自秘密载运造船材料进厂后，厂区灯火全点亮了，决赛起跑蜂鸣器随即在厂区躁急响起。

不久，厂区传出频率忽高忽低的机械切割声，阵阵烟尘逸出，铜声、铁声、木料声，四处传来大小不一的锤敲声，闪闪烁烁，电焊的青绿闪光和硝烟到处弥漫。

这二十一天赛程中，团队成员只能轮流小憩，他们必须善用赛程中的每一分每一秒。

这场赛事的决审委员，由十三个国家杰出的造船专家所组成。

这届的评审标准，经委员会热烈讨论后形成：创新造船理念，突围航海界限。

三七二十一天后，赛事终点蜂鸣器再度刺耳响起。

三组团队都做到了。

三艘崭新船体，搭乘高架台车，顺着轨道，分别由三个工作区缓缓推出。

真是壮观啊。

团队成员穿着一式连身工作服，跟随船尾，挥手出场。

来自八十八个国家的国际媒体，早已架好摄影机，伺机捕捉这可能影响未来海陆关系二十年的三艘新船。

三艘船就展示定位后，三个团队的发言人及大会评审团，依序登上甲板。

他们将依发表顺序，引导围着船身平台上的媒体及贵宾，一一深入介绍每艘船的创作格局、概念及创意。

由登记一号的新船开始说明，发言人扬了扬声说："我们这艘船，设计为'前翼薄壳船'，主题概念为海运运能。"

闪光灯如密集烟花闪个不停，发言人稳了稳眼神，发言暂停了一下。

直到闪光灯火力疏散了些，发言人继续说明："这艘船由船前延展出如陡峭鼻尖的前翼板，将有效铲除船前浪阻，加上船身材质薄化轻化，船速将因而增加百分之三十，燃料节省率至少提升百分之五十。"

周围媒体一阵哗然，这是船舶节能增能的革命性新数据。

当然，这些还得经第二阶段的海上测试，来验证其确实符合数据所显示的创新性能。

"我们也引用新近材料技术大突破的'亚铂'合金为船壳材质，这让船壳厚度减少百分之十五，船体减重百分之六十三，内载容积也因而增加了百分之十三点五。"

赞叹与怀疑都有，又是一阵阵哗然，久久围着一号新船。

序位第二号的发言人，以流利且明亮的声调，引导评审团及媒体进入二号船展示平台。

他介绍这二号船说："不是刻意和一号船打对台，我们设计创作的这艘船，命名为'后翼厚壳船'。

"各位请看，这艘船船尾后展出去的这片后翼，除了抑浪稳流功能外，我们在这片后翼板内装置了'类触感交叉神经系统'。

"我们都晓得，海液中的电解质加矿物盐的复合作用，海水的传导及传输作用远超过我们的想象。

"这片后翼板上装置的敏感触觉神经网络，将能有效感知航过水域圆周两里，深度四千米内任何一只活动的小鱼。"

媒体举手发问："请问，请问，这艘船的设计目的，是否意味着，人类猎捕的触手将伸入深海？"

"没错，沿海、浅海鱼类资源已几乎被我们捕捞殆尽，我们设计的厚壳船身，左右舷各有八道闸门可在作业中开启，每扇闸门后各装置了不同种类且先进的深海渔捞设备，无论钩钓、网抄或镖杀，设备样样周全。

"厚壳让我们船身稳重，感知猎物后，船只立即定位进入有感漂锚状态，无论猎物多深或如何游动，我们船只将锁定目标，始终保持在猎物上方盘绕，方便进行下一步精准的猎捕行动。"

第三艘船很不一样，流线如水，船身细致，外貌若一头巨大的鲸或鲨，船壳由类似软质皮革或橡皮为主要材质构成。

第三发言人介绍说："这艘船设计概念来自獾鲸，可称为'人鲸合体概念船'。当我们驾驶人进入驾驶台，就等同于穿上了模仿獾鲸造形的这整艘船。

"驾驶人的眼将如獾鲸所见，驾驶台上的他，只要两脚使力，便如獾鲸款款摆动尾鳍，快速前行。他只要两手平举蹬腿一跃，整艘船将如獾鲸海面腾跃。他只要连续蹬腿跳跃，我们这艘船将快速地在海面上鲸跃前行。"

"请问，对不起，请问，这艘船的功能和特色为何？"记者打断发言，强力提问。

三号船发言人不急不徐，慢慢回答说："这艘船可快可慢，悠游自在。"

大　浪

梦里大浪，万马杂沓白蹄翻腾的轩昂水势，不断翻过港堤，汩荡起漫天汹汹烟霭，每一记大浪都发出“轰哗啦、轰哗啦”的巨响，每一波都高举陡落，用力扑进港渠里。

受堤外大浪扑击，渔港航道水流湍急，水面逐渐倾荡成滑梯般陡峭的水墙斜坡。

有几艘浮面贴水的管筏，也有好几艘是船底埋在水下的尖底渔船，它们都被浪流扯断了系岸绳缆，一艘艘都半倾着身子，斜挂在浪流斜墙上，随湍湍涌流，冲上、冲下，不断地冲上、冲下。

“啊，危险，啊真危险！”来到港边的渔人家眷，将所有忧心化作简短几句惊呼。

一旁看起来也是渔夫的中年男子，皱着眉、苦着脸，头也不回紧盯着眼前这些冲来撞去的船筏说：“没救了，没得救了，那乌毛家的船，那唱秋家的筏，都翻了，都没了。”

海　堤

为了这座海堤的兴建工法，你们意见不合，你特地画了多角度 3D 透视图，并收集一堆相关资料，就为了要说服他。

你一直认为，湾里将新建的这座防波堤，堤基必要以横宽三座水泥沉箱来加宽加厚，才能坐稳坐实，也才能基础巩固，确保堤内水波安稳，泊船顺利。

而他始终认为，用最简单且最节省经费的工法就可以。他主张：以大石块、小石块为堤材，以投石堆栈法，在湾里投迭出一道堤基石缝镂空，堤面细长的条状堤，就能有效发挥防护海湾的功能。

除了详尽的工程设计图和筑堤工法数据说明，你还引用一套最先进的海湾流体力学理论，来驳斥他迭石造堤，如此空泛且不切实际的说法。

另外，你也收集了不少湾里长期监测的水文历史数据，以及流经湾口强盛环流的许多数据来加以佐证，所谓基底镂空、堤面细瘦的石块堤，将如蛋壳般不堪一击，将完全无法抵挡强劲的海流和频频绕进湾里的湾流。

他在会议桌上认真地看了好几遍你的设计图，也将你提供的所有数据都细读了一遍，并且，很有耐心地听完你慷慨激昂且完整的“必要造一座坚固大堤防”的论述。

他低头沉思了片刻。

这一刻，你甚觉宽慰，用心准备资料及耐心讲道理，终于让他听懂你的用心和你坚固如堤基的坚持。

他慢慢抬起头，眼神清亮，温和地看着你说：“一般来说，抵抗才需要坚固的防御，顺着她，留着石块缝隙让海流来去，只需藉由镂空的石块堤来舒缓一下弯进湾里来的海流就可以了，不需要硬碰硬，并不需要对抗她。”

他还说：“石块堤比较自然，海流可以来去自由。”

“自由？自然？”你心里一阵嘀咕，“到底是符合自然，维持海流的自由重要，还是维护人民身家财产，维护航泊安全重要？”

好像明白了你心里在嘀咕什么，最后，他补了句：“我比较不明白的是，为什么一定要阻挡它，为什么一定要对抗它。”

海　岛

海岛居民依海为生，这座海岛东南角有“岛村”和“海村”两个村子面海比邻。

代代相传，岛村里住的全是卖鱼的渔贩，海村里住的全是捕鱼的渔人。

卖鱼的不知道海上捕鱼的辛劳，如同捕鱼的不晓得渔市卖鱼的辛苦，两个村子尽管比邻，一村捕鱼，一村卖鱼，可说是唇齿相依。然而，村民们常为了鱼价高低起了争执。

卖鱼的以为，捕鱼不过就是将船开出去，遇见鱼群就持渔镖刺鱼，如此就能收获，就能赚生活。捕鱼的也以为，卖鱼的无风无浪，无耗无险，买卖间，靠一张嘴，如此轻易地便要以峰谷差价，赚走他们海上搏鱼斗浪的辛劳。

“知道吗？”岛村人对海村人说，“买在我们手上的鱼，已经按下迅速腐败的码表，谁说无风险？我们随时有渔货如何保鲜的问题要面对，有卖不出去也留不住的压力；哪像你们，遇见的全是新鲜活泼的鱼，捕回来的鱼，无论好坏，都有我们照单全收。”

“你以为渔捞只是开船出去啊，”捕鱼郎对卖鱼郎说，“海里有不确定的海况，不是每趟出海都遇到鱼，而且甲板始终摇晃，持渔镖刺鱼，没一点技术根底，不过徒劳无获，哪像你们？凭一张嘴买卖，动口不动手，也太容易了吧。”

“那就试试看啊。”一位少年捕鱼郎和一位少年卖鱼郎一样愤慨地同时呛了对方同样这句。

听出来了吗？这大有山海对峙、海陆对呛的意思。

不久后，岛村那位呛声的卖鱼郎，打造了一艘渔船，也备妥了一根崭新的渔镖。

别小看，这可是有史以来，岛村兴建及拥有的第一艘渔船。

这位岛村的卖鱼郎，他打算跨领域、跨传统，成为岛村第一位渔捞和买卖能力兼具的渔人和卖鱼人。

同时呛声的那位海村少年渔人，也在市街上租了摊位，私下勤练了一张买卖生意嘴，打算出头天破纪录成为海村第一位自己抓自己卖的捕鱼人。

新船下海那天，岛村这位少年卖鱼郎，将一根渔镖在手上盘转得像综艺团杂耍的棍棒，渔镖被他抛上抛下，正手翻、反手旋，熟练得像三军仪队的操枪表演。

少年卖鱼郎脸上十分自信，百分得意，好几次特意转过头面对海村前来道贺的几位老渔人，露出诡异笑容。

“活跳跳，死翘翘，来喔，来喔，家己掠家己刣，无青免钱，保证无青免钱。”新摊位花篮结彩一本万利匾额高高挂，渔摊新开张，这位海村少年捕鱼郎，也不怕闪到舌头，用力喊卖他亲手抓的新鲜渔获。

一阵子后，那艘新船拖上岛村沙滩，船板晒成枯白，种种原因吧，这艘岛村有史以来的第一艘渔船，有段日子没出海作业了。

人家是捕一天鱼晒一天网，他可是打一天鱼打算晒一辈子网。

同一阵子，市街那座新渔摊，花篮凋零，匾额蒙尘倾倚，摊位时常空荡荡摆着。

人家是卖一天鱼赚五分利，他可是一天卖鱼五天打烊。

海村渔人发出不难想象的诡异音调悄声说：“猎鱼除了掷

镖技术，我们应该告诉他，镖鱼的关键，不只是操船追鱼、赶鱼，而是得设法让鱼自己来接近船只。”

岛村几位卖鱼人聊天时说到：“买卖鱼，哪是让顾客听见你花俏的喊卖声而已，鱼卖出去、卖个好价钱关键在，是否听见顾客心里对摊上的鱼说了些什么。”

狼　鲨

传说将有狼鲨出没，岛上处处张灯结彩，码头上张设了一座座辉煌祭坛。

其实岛上没人晓得狼鲨长什么模样，也没人晓得这传说从何而来，但口耳相传，岛上大家都知道，狼鲨出没，将为这座海岛带来改变的机会；也有类似这样的说法，亲眼看见狼鲨的人，好运道将一辈子跟随。

相传狼鲨百年才出没一次，毕竟难得，岛民热烈庆祝，欢欣期待。

预测狼鲨将要出没这天，全岛歌舞通宵。

岛上所有大船、小筏，破晓前，都已集中在相邻的两个码头，准备带人出海看狼鲨。

破晓前，你和一群熬夜歌舞庆祝的年轻人同车前往码头，他们嗨过头，像是喝多了酒或吸食兴奋剂般，一路喧闹躁动。

你问他们："没睡饱不怕晕船吗？"

"晕船啊，也算机会难得。"他们仍闹着说。

两座码头上万头拥动，岛民几乎全员到齐。连那位被岛政府列为失踪人口数十年不见踪影的黑名单政要名人施先生，也在破晓前的昏暗码头上现身。

引擎声奏响黎明进行曲，大小船只依序航出港道，比海神节庆还要热闹几分。

当所有船只航出不久，安静晨曦下，海上甲板忽然一阵骚动。

"注意，注意，十点钟方位，"船长在扩音器中昂声宣布，"注意，注意，全船注意，十点钟方位，狼鲨出没。"

十点钟方位，船只左前，距离八十公尺，当船上所有眼睛都睁亮瞪大，看过去时，只来得及看见海面一根鲨尾尖鳍，切在水面上，款款摇摆。

鲨尾摇摆两下，前后不超过两秒，狼鲨鲨尾便匆匆没入水里。

海面徒留一圈空泛涟漪。

所有船只一声惊嗨后，围住这圈空白涟漪，船只浮在曦晖海面上空等了好一阵子。

狼鲨不再浮出。

茫茫大海，如何等到它再次浮出，并且，恰恰好还要浮在船只圈住的视野里，这概率实在渺茫。

也许看见狼鲨的好运道还来不及降临，而通宵达旦激情过后，让人失去耐性，特别感到疲倦。

没等多久，“看见就好，看过就好”，船只纷纷在自我安慰声中，离开包围，回头返航。

返航途中，你问身旁这群年轻人：“刚刚看见狼鲨了吗？”

这群年轻人一脸幸福感动的表情纷纷回答说：“有，有喔，有看见，虽然只有一根尾鳍，虽然才短短两秒，但大家都看见了，百年难得一见，一生只有一次机会，幸好大家都看见了。”

返航途中，你无意中听见这群年轻人聊天：

一个说：“狼鲨的尾鳍和一般鲨鱼尾鳍，有人知道吗，究竟哪里长得不一样？”

“都是鲨鱼，应该一模一样吧。”一个答。

“那刚刚海上看见的，怎么判断是狼鲨，还是一般鲨鱼？”另一位问。

“大家认为是，”另一位答，“那就肯定是了。”

獾　鲸

是难得一见的獾鲸没错。

那浑厚如曲轴的尾柄，那流线优美且活塞似的鼓动不息的尾鳍，那铁甲般刚毅的胸腹，那波音 747 一样招展如铁翼的一对长胸鳍，特别它那尾鳍背面，如夜空满布圆月般拥挤着耀眼的银色圆斑。

这些形体特征，斑纹特征，足以判定，太幸运了，你在果冻海钓鱼，没想到遇到一头难得一见的獾鲸。

匆匆收拾钓具，你回船紧随。

《鲸豚指南》这本鲸豚图鉴里，刊载好几篇关于獾鲸的研究报告：单一出没的獾鲸，通常个性孤僻，不易接近，当船只稍近，它随时有可能加速离开，或急速下潜；獾鲸除了猎性凶残，一般对船只并不友善，甚少与船只有互动行为；西南角海域还曾经有过獾鲸作势挑衅船只的记录。

你一手掌舵开船紧随，一手忙着从背包里掏出相机。接着，无论这头獾鲸做出任何行为，只要你及时按下快门，每张照片都有可能是绝无仅有的獾鲸珍贵生态照片。

你稍稍缓了缓船速，与獾鲸保持二十公尺距离，相机备妥前，你不想追得太紧，避免它因而加速逃逸或快速下潜。

一心两用，好不容易，终于备妥四百厘米长镜头相机。

你将相机左手托举在右眼里，左眼斜视，继续盯住海面泅泳的这头獾鲸。

多年海上经验，在你不急不躁地跟随一段后，你判断，这头獾鲸应该已经跟稳了。

趁时机许可，你右手稍稍添了油门，船只稍稍添了些迫切。

它敏感地立即知觉了，左偏两度，游速增加。

你还不想按快门，目前所有獾鲸生态照所呈现的船只与獾鲸相对角度，都只拍到它背鳍和尾鳍的后视角。你心想，这趟遭遇幸运，至少也要拍到一张侧面的，甚至是正面的。

对鲸豚有基本研究的你，知道全球目前留下的獾鲸生态记录照片中，尚未出现过它的正面照。

有了想法，于是又悄悄添了些船速，稍微加速或许逼它转弯，就可能有机会拍到它的侧身照。

你心里盘算：当它侧身时，你打算快速让船只跟着两个半转，就可能与这头獾鲸出现短暂的面对面机会。

船尖如你预期地快速追近，但船前这头獾鲸，竟然没按你预期的剧本演出，没如你预期地转弯。

意料外地，它忽然紧急刹车，停住身子。

你反应算快，即刻退掉离合器，左满舵，但船只仍惯性前行，完全避开碰撞应该是来不及了。

这意外状况，根本来不及反应，眼看着，船尖可能就要撞及船前停住的这头獾鲸。

你探头看到，对于船尖逼近，它竟然没有回避，或说根本无意回避。

它就背对着船，停在原处不动。

啊，啊，就算要急速倒车，也来不及了。

你猛然趴向舷边，探出身子，至少看着它，确认它及时躲开欺上的船尖，才能减少你因为想拍张好照片而撞击獾鲸的罪恶感。

你盯看着船尖前这头獾鲸。

当船尖逼近到三十公分不到，它不但没闪，而且还快速转过身，立起身子。

像是打算勇敢地正面面对欺上来的船尖。

再怎么孤僻凶残的獾鲸，如何挡得住一艘船的正面撞击，状况应该惨不忍睹。

状况尽管危急，但究竟是船只与獾鲸破纪录的，第一次如此近距离的一场面对面遭遇。

心里矛盾，希望它躲开，刹那间，又希望它多留片刻。

就这燃眉瞬间，你单手举出相机，实时按下连拍快门。

应该说是让相机朝向獾鲸方位，乱按乱拍一通。

咔嚓咔嚓咔嚓，快门机关枪般扫过的刹那，不仅相机里留下这破纪录画面，你亲眼所见的这一幕，将在你脑子里形成既定影像，并将跟随你一辈子。

这一幕，差点让你从舷边跌落海去。

面对船尖、面对你，船前这头难得一见且好不容易转过头立起身子的獾鲸，竟然戴着粉红色潜水镜，咬着一根粉红色呼吸管，一副可爱卡通造型但蠢毙了的模样。

你毫无考虑，直接反应说：“假的。”

虽说是假的，但何等利落，船尖撞上去前，它维持正面直立姿势，一溜烟，潜下水面。

船只凌空滑过。

你跌坐舷边，脑子里完全塞满这头獾鲸潜水镜里呆呆又大大颗的眼珠子。

海　阱

大海设了丰盛的飨宴等你来。

终于等到这天，你背着钓具来到崖边观察钓点。这是个四处塌痕累累，边坡松脆孤高的 U 形海崖。

海风习习，漏斗口般迎着崖坡上来，很快灌满且不住摇撼你的裤管。

两侧岬角挺立，夹住崖下狭小 U 湾，湾里礁岩横陈，浪涛一记记扑上滨台。这是一段凹凸起伏、崎岖狰狞的海蚀海岸。

浪流随海蚀沟大举涌入崖下一洼洼大小不一的潮池里。

尽管浪流涌荡，崖上居高临下，仍清晰可见一群群游鱼在潮池里翩翩悠游。

“这怎么可以？”你眼珠子立即朝崖下潮池睁瞪，手心痒痒出汗，嘴里不自觉念道，“怎么可以这样？”

你从小擅弹弓，喜弓箭和渔竿，渔猎天性，让你看不得任何悠游自在的猎物。

“这分明是老天赐予的神秘钓点。”才动了念，你的脚便试探着往崖前拨探。

两三下，“老天助我”，意外便找到了下崖小径。

看似陡峭松塌的崖坡，你脚步矫捷交错，竟就步步踏实，踩快捷方式似的，轻易便下到崖底池边。

“这怎么可以？”一边看不得池鱼悠游叨念，一边两三手熟练地将钓具组装完备。

快快抛下饵钩。

池中那密度颇高的一群群翩翩游鱼，不晓得什么缘故，仿若透悉垂在它们面前的饵钩是个骗局，纷纷闪过、绕过你垂在水里的钓饵。

空钓了一阵，池鱼依然悠悠，渔篓中空无一鱼。

“会不会是饵料不对？”赶紧收了钩，换上更腥膻带血的红鲣肉饵。

穷忙一阵，空等一阵，仍然徒劳无获。

“会不会它们口味刁，贪婪地期望活饵？”

这也难不倒你，装备中取出手抄网，你在邻近小潮池中捞得好几只活跳跳的蓝虾。

如此鲜活的诱惑，潮池里这些鱼，竟然还是不睬不食。

池鱼仍然悠悠。

几番周折，时间飞快，不意天色已昏。

你胡乱收拾了钓组、空渔篓和一肚子气，败兴踏上归途。

岸边徘徊摸索了好一阵子，凭空消失般，如何也寻不着刚才下崖的小径。

初冬时节，天暗得快，天光紧迫，你只好试着冒险攀爬崖壁边坡。

哪知，崖壁如一大块酥脆薄饼般，碰哪儿垮哪儿，土石唰唰唰唰，大块崩落，手脚根本无处藉力，无处着力。

好不容易，终于寻得一条露出边坡的树根。

“得救了。”心中一声呼喊。

怕这条树根跑掉似的，你伸手紧紧攀住。

谁晓得，才稍稍使劲，整条树根竟像一道浅钉在泥粉壁上的电线般，一整条顺序“嘣、嘣、嘣”，一路喷着泥粉弹开崖壁。

“树根也好，电线也罢，好歹找到一道救命索。”你试着使劲拉紧这条树根，两腿试着凌空踏壁。

不过才三手、两脚，“唰啦”一声巨响，整条树根凌空脆断，直落崖底。你也因而摔了个四脚朝天。

疼痛不谈，严重的是天色将暗，脱困的希望一再落空。

最后，天暗下来前，幸好，你又及时发现悬在崖壁上一道挺直钉在壁上锈迹斑斑，但看来还算稳固的铁梯。

最后机会了，“老天助我”，你赶紧伸手去抓。

是抓住了，但抓在手里的铁梯立刻化作铁屑锈粉，像手掌如何也握不住的一把细沙。

整道铁梯就像是白昼化成的幻影，当天色暗转，立即化作晚风里的一把齑粉。

晚风愈烈，涛浪一波波起劲，又逢涨潮，又猛又急的轰哗浪声，一记记迫紧在你耳际。

你只好让身体紧贴崖壁，气喘心跳，抬头望向不过百尺高但现实上已遥不可及的黑色崖顶。

直到此刻，你才意识到，这根本是场陷阱。

所有努力都将枉然。

你被困住，被抓住了。

你擅长以饵钩钓鱼，没想到，这次大海以潮池里悠悠鱼群为饵，钓你下来。

陆岸已然绝壁，你转过身面对海浪、面对大海。

慌乱中你发现，这段狭窄的U槽小海湾，唯独面海，才有出口。

我的鱼

每个人，无形丝线牵连，都有相对于海水里的某一条鱼。就像每个人的命，都与天上的某颗星互动相关。

时机，引力，因缘，于是就有了海水里的某一条鱼，一辈子牵着你，帮你感触截然不同于陆地的另一片海洋世界。

偶尔会梦见这条我的鱼。

梦里，它的长相始终朦胧，大小不一，有时浮游，有时底栖。梦里它从不考虑，游得多浅才算浮游，潜得多深才算底栖。

它允许我在每次梦里捏塑它的形样。

它让我晓得，神秘原来是很好的躲藏方式。

原来，我常在梦里钓鱼，为的就是想看清楚它神秘的样貌和行为。

但长相或模样其实并不那么重要。

我只想确认我的鱼，它好几次让我感知海水的清冷，也好几次让我及时冷却一时的冲动，又好几次，有效稀释了我不易消解的不成熟情绪。

另方面，它让我嗜食、贪食、抢食，让我时常感到饥饿。

它也常让我心思彷徨，容易受到诱惑。

我的鱼喜欢悬浮漂游，它让我鱼眼看见水里融成粉末的天光，让我身体侧线敏锐感知一段距离外意图接近的友善或仇恶。

它让我心喜温暖热闹，喜爱群体多伴，但本性其实孤独阴郁，别扭成性，冷漠又孤僻。

遇到险阻时，它让我勇往直前，顶多就是转弯，绝不后退。

它让我傻劲、冲劲兼具，枉费了我许多时间和精神，吃了许多不必要的苦头。

它三度空间的立体感，开扩了我二度空间思维。

它让我增长海洋智能，让我爱航海，常做梦，喜飞翔。

它融化我肢体的僵硬和粗鲁，让我不至于承受太大地心引力成为负担，它让我手脚仍然灵活轻盈。

它让我故作优雅，喜欢四处游历和探索。

它让我平静时更沉着，启动时更有力。

我的鱼，让原本无趣的日子，礁洞穿梭般，有了许多有趣的缝隙。

我的鱼清楚水阻，讲究流线，让我晓得有必要随时整理自己，让自己内心和外在尽量清爽。

我的鱼，提醒我必要时常出海，时常梦见它，才能维持一定的引力，与它持续一辈子的互动牵连。

鸡　鸣

卸下彩衣，宛如一趟阅历丰盛的旅行归来，除了与我分享沿途遇见如神秘飞行器大大小小各种游鱼及各种生命，你还与我谈起，深处的冰冷和幽暗。

这趟飞翔回来，你说："返程时，当我从底高层穿越中高层，从无光区飞到微光区时，终于清楚见识到，阳光被海水层层隔滤后融于末梢闪现的微弱蓝光光丝。"

你继续说："知道吗？看见幽秘光丝这一刻，让习惯看着规律阳光周期成长的我感触很深，刹那间，我仿佛听见鸡鸣。"

"鸡鸣，深海中哪来鸡鸣？"我心想。

不合理吧，继续追问鸡鸣。

"到底怎样的鸡鸣，喔、喔、喔，或，喔——喔——喔——"我模仿两种鸡啼声。

"是喔——喔——喔——，是拉长的那种啼声，类似公鸡黎明时悠扬的啼鸣。”

“有没听错啊，海水里哪来破晓鸡鸣？”

你低头甩了甩濡湿的长发，然后，抬眼看我。

你满脸纯稚的傻笑，没回答我的问题。

好久好久以后，当我慢慢在知识上、意识上进一步了解海后，仿佛才隐约明白，当初你傻笑的意思。

记得你在某趟飞翔回来后告诉我：“每一层不同高度，都有超乎我们想象的风景，不同的光、不同的生物体态和各种不同的生命形式。

“透光层、微光层、无光层，其中，有流线的、扁长的、球状的体态转变，体色从多彩的、红的、透明的、黑的，层层变化。

“这些形态或颜色，各有其存在的道理，而且，之间互有牵涉，互有影响。

“其实啊，无光、高压又冰冷的幽暗世界里，我们原本以为，生存条件严苛，应该不会有太多生命存在。然而超乎想象，那里处处有光，处处生机，热闹程度不输给夏夜的繁灿星空。

“那里的光是生物光，为了辨识，为了求偶，为了猎食，为了欺敌。光线在陆地是昼夜周期，海水里的生物光，和时间无关，但和生命、生存密切相关。”

你忽然问我：“无光区里生活，愈能隐藏自己，生存机会愈大。若是你，将如何隐藏自己？”

我想到的是：“不动声色，或是将身体变透明，或者变黑。”

“深海里的任何躲藏，其实都有被破解而被发现被猎食的疑虑。唯有让意识，让身体，都具备快速游移的能力，才是上上策。”

飞翔回来，你告诉我这些深海现象及生存道理。

你又问我：“人世里，阳光下，又如何躲藏自己？”

我直接想到的是，“逃躲到人烟稀少的地方”。但立刻又想到，人烟稀少处，每个个体其实更加突显。

“二度空间，再怎么逃，还是容易被找到。”你知道我想什么，继续说，“当生命可以披上彩衣，跃出平面，在另个世界里翱翔，就能逃躲在高层里神游。

“拥有一件彩衣吧，让念头闪耀、飞跃，具备穿梭来去的能力，就有了无尽逃躲的可能。

“该隐的时候隐，该醒的时候醒。”

我终于稍微了解，鸡鸣的深意。

鸡鸣是界线的提醒。

“每个人的一辈子，都允许拥有一件彩衣。质地、颜色、衣款，各不相同。共同的是，披上彩衣，就能飞翔。”

流光和曙光，夜莺和云雀。

听见鸡鸣，记得回来，也记得再次出发。

后记

意念和身体的漂流

2015年，当我完成这辈子出版20本以海洋为主题的文学作品目标后，开始进一步思索，是否有可能尝试以新的表达方式来书写无比开阔深邃的海。

文学创作源自生活经验及灵感的触发，海洋一直是我主要的生活领域，生活经验不是问题，而灵感的触发，就必要让自己的心思有机会漂流于日常生活的泛泛潮流之上。

换个说法，稳固的日子或一成不变的现实生活中，惰性及惯性往往会将我们的心思如节拍器一样缩限在既定范围中摆荡。如何突围现实框架，是创作者必要的觉知。

长年海上生活，日子常在浮荡的甲板上度过，心想，也许我可以试着让自己的意念和身体在或虚或实的海上各自漂流一段，以此突围。

让身体置于旷阔大海，搭乘没有动力，也无法操作方向的方筏，随海流漂泛；这是身体实际行动的海上漂流。虚拟的海，在我脑子里，我可以尝试让意念在虚拟的脑海中漂流。

我的家乡花莲，位于台湾东部，这里的海域称花东海盆，平均深度达五千多米，十分深邃。离岸千米，往往就有近千米的深度。因此地球上的主环流，亦是北半球流速最快的海流之一，北赤道暖流（俗称“黑潮”），得以近岸。

黑潮的流速、流量都相当惊人，因此，在台湾东部沿海放下一艘无动力筏具，应该会被黑潮带着往北漂流。属于身体的海上漂流，在如此天然海流条件下，只要规划扎实，冒一点险，在原始大洋中漂流几天，就能远离僵固的陆域，远离现实人间。

心灵和身体，一里一外，密切牵连互动。当我有了海上漂流的想法，我的心必要说服及武装自己，去做一件平常人不会去做的事。我必要强化自己履行漂流计划的意念。《海童》这本书，就是漂流计划意念的先行。

这本书于 2016 年 7 月在台湾出版，而黑潮漂流计划于同年 8 月顺利完成。意念先行，实际行动随后，让心灵和身体一起完成这趟难度颇高的海上旅程。

我们组合一艘离海面40公分，三米四方的方筏，从台湾南部台东大武外海开始往北漂流，流经台东、花莲海域，历经五天半，最终漂到北方的宜兰苏澳外海，顺利完成漂流计划。

因为在大洋里、在黑潮中漂流是件异常的行为，回头来看《海童》这本书，当然就不能用“正常、合理”的视角来理解其内容。书中的故事情节，人物或生物，往往是不正常与不合理的结合。女儿帮这本书画插画时，时常问我：“这什么鱼啊？鱼类图鉴里找不到。”或问起书中某篇故事情节：“怎么会这样？”

生物图鉴是专家学者为生物作的科学性分门别类，作家脑子里的鱼，是游在鱼类图鉴范围外的鱼。书中的鱼，已逸出规范，并不存在于现实世界中。同理，《海童》书中的诸多人、事、物，都已逸出并漂流在我们认知的范畴以外。

意念解放了，身体跟着解放，生命就有了突围的机会，也就此获得突破自己创作上有别于过去的表达形式和能力。

那段“异常”的漂流经验后，回头来看“正常”的旧世界，就会发现原本以为正常的现象其实并不正常。人世里总有许多被告知、被规定的规则和秩序得遵守，讲究效率和速度，我们习常选择安稳、安全的单一路径来走，我们的社会不知不觉中已形成一种既定模式，每个个体都得铆足劲来拼死拼活地追逐，生命因而一路冲冲冲，忙得不得了。忙到没时间抬头看看天空飘过的云朵，忙到不知道季节花开的差别，忙到没时间来天马行空地想象一下自己真正的渴望。忙到忘了，当老天给了一个生命，一定也给了这个生命与众不同的特质。

目标一致，路径相同，因此大家的脸孔愈来愈像，表情和行为举止也渐趋一致。因为目标单一，我们变得更容易在同一套模式中被复制。我们过度依赖文明，而钝化了老天赋予的感官能力，我们也忘了，放慢生活步调往往可以看见更多风景。

《海童》书里时常强调人世并不单一，何况缤纷繁复的外在世界，我们可以有很多看世界的不同方式，可以走很多不一样的路。以单一思维来看，冒险到海上漂流是标准的“不正常行为”，然而，若以平面视野的另个角度来看，我是离开单一轨道，到外头的三百五十九度里去看世界。我在那充满动能和热能的黑潮旷野里漂流，在那异常且庞硕无比的原始环境里，我的渺小跟有限随时提醒我，必要以更敏锐的感知，来侦察风浪及各种随时可能发生的状况。

漂流时，如同《海童》写作时的心境，“保持清明的心，不操作方向，随意而行”，我是将自己交给如天体运转般的神秘力量手里，如同裸身交给黑潮携行，交给黑潮处理。

漂流几天后我便深刻体会到，过去所有的僵持，都将微渺遥远。过去以为握住了什么，这一刻才感悟到，其实握不住的更多。

远离人世规范的漂流世界里，发现有许多与我一起漂流的生命，漂流的感觉孤独但并不孤单，我不过是得以盘过穹顶的众多星子之一。

意念的漂流教我放开既有观点，教我以直觉一路摸索前行。身体漂流时，黑潮教我，放掉自己坐下来，能静能动，世界会变大。

漂流后，我知道必要不停突破既定，如《海童》、如《黑潮漂流》这两本作品及其行动，必要一次次地摆脱身体和意念的束缚。

附录·漂流的故事，熠熠闪闪如海波

Olbee 绘

《雨天的海》

淅沥哗啦，
海面扬起一阵苍脆的水珠子，
淅沥哗啦，
淅沥哗啦，
她的胸脯溅起一株株水栽似的透明秧苗。
回来了，
你们一起都回来了。
她仰过身来，
让始终埋在水面下的微笑露出海面。

《高 深》

你看见的海是立体的，
天空像一面镜子反照海洋，
海面沉在底层，
游得愈深的鱼，
悬在天空愈高。
水面下的深浅，
层次分明地全在你的高低天空里铺陈。

《彩 衣》

你回身弯腰，
张举臂翼，
两脚并拢轻摆。
海面被你踩出一圈宛若靶心的水纹。
你对准靶心深入，
开始飞翔。
暗色水影相衬，
你化作一袭漂闪的花白彩衣，
愈飞愈深，
愈飞愈朦胧。
一定深度后，
你不见了。
留下隐约闪在我脑子里久久漂颤不息的彩衣。
我将永远记得，
这是你飞翔离去的身影。

《邮 轮》

长髯者喉里发出的反复声波，
并不来自身边的他，
而是来自悠扬远方。
那不断重复的一串音组，
像是在掏挖你脑海中某段声音记忆，
而且很快形成共鸣。
那是曾经深山荒野里的某个破晓或黄昏，
昼夜跨界之际，
你听见许多敏感的生物在这亮度翻转片刻发出啁啾、鸣吼或呻吟。

《选 择》

它们一大群、一大群，溪流般，
在夕晖剪影中，
整座岛上数万只草海豚，
纷纷俯下身子，
集体流动了开来。
肩并肩，
头尾相连，
一排排，
一列列，
如波波涌动的黑色溪流，
它们顺序从岛屿边缘，
以泄洪似的流量，
以激昂激动的水花，
先后跃入水里。
啊，真是壮阔的集体迁徙。

《上 岸》

在沙滩上一阵拍打扭跳，
以为是海豚集体搁浅。
没想到，
挣扎两下而已，
它们立身站起。
它们以尾鳍着地，
一开始还有些踉跄，
没几秒钟，
它们已纷纷站稳、站直了身子。
蹒跚不过两步，
似乎立即抓着了站立的窍门，
六只草海豚依序站挺了自己……

《缘》

这一年，
我们看同一件事，
会用不同的语言来形容。
再隔十年，
我们将可以搭同一艘船过海洋；
一甲子后，
我们将分别看见浮在海面上的同一片云；
跨两世，
我们可以从海洋两端攀爬同一道彩虹；
跨五世，
我们终于有机会成为同一条鱼。

《晶 燧》

你用手提砂轮机，
分别将大小矿石上的苔藻磨去一方角落。
没想到，
就像磨出了一方明亮的石质窗口，
由此窗口，
可清晰透视石块内里的质地。
里头，
石纹隐隐如波，
石质澄蓝，
如天体、如水体剔透。

《双》

你买了相邻两间公寓，
打通隔墙后当一间用。
你买了一辆供两人一起踩踏，
一起骑乘的协力车。
你的餐桌上始终摆两套餐具，
餐台上两只咖啡杯，
两只高脚水晶杯。
好像在等谁。
也好像有个隐形人和你一起生活着。

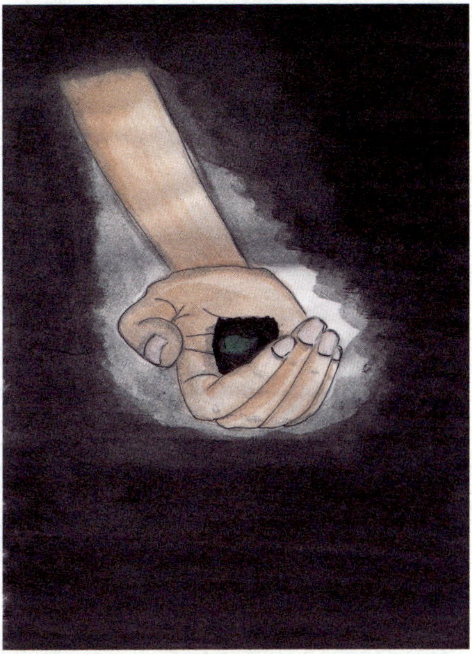

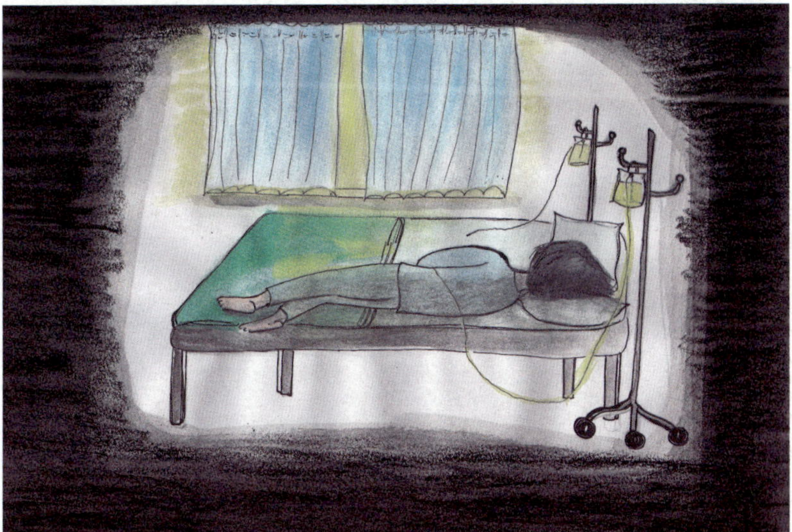

《航 行》

他宽厚的背几乎遮住你船前所有视野，
一边操船，
你还必须时时耸肩或左探或右探，
慎选船前的每一波浪褶，
也得敏捷避开水域里处处露头或隐埋的黑色暗礁。
你伸在后头水里的两只手掌，
完全张开像两扇虾尾，
这时，
你的手掌必要是这艘船的桨，
也必要是这艘船的舵。
你手掌上的每颗细胞，
都得敏锐感觉船行水流带来的各种不安讯息。

《钓 鱼》

他翻个身，
仰躺在海床上。
右臂屈起，
悠闲枕在脑后，
休憩小歇状，
他泰然自若地仰躺于海床上。
水波折射，
他身材形影有韵，
除了体色，
他似乎完全与海床的凹凸融贴一致。
不久，
你发现，
他身体凹陷处，
也不晓得如何诱因，
聚集了一大群巴掌大的银亮方鱼。

《回　家》

你褪去他身上所有衣物，
轻轻将赤裸的他，
放下舷边水里……
他两臂微张，
掌心朝上，
两脚并拢，
两膝稍稍屈起，
缓缓仰沉而去。
你晓得，
一定深度后，
他将躺回他永远的母床。

《锦 葵》

天光水色反差，
你看见的它，
身上花朵斑纹呈现的是藏青色线条，
反衬一身雪白肤底，
你发现的，
根本是一只庞硕精致且弧线流动穿梭于海面的青花瓷。
这只活生生的海上青花瓷，
让国家历史博物馆收藏的所有精品青花瓷，
也都相形逊色。

《假 会》

海湾近岸处，
不晓得什么时候来了一头大鲸，
它头顶着岸缘一颗黑色礁块，
喷雾似的大声呼气，
它身子跟涌岸浪涛垂直，
一阵阵随浪浮沉。
糟糕，
应该是搁浅事件。
……啊，
我认得的，
这是一头多年前捕鱼时首次在海上遇见的那种大型鲸。

《海 流》

他的波浪指头，
近切地摸着岛屿海岸通过这座岛屿。
有时他抚摸的是狭窄的海峡，
有时是开阔的海湾，
有时是船只密布的内海，
有时是咸淡水交汇的河口。
有时是柔软的泥滩或沙滩，
有时是颗粒圆润的卵砾滩，
有时是姿态强硬的岩礁海岸，
有时是坑凹不定但五彩缤纷的珊瑚礁海岸……

《曙 光》

一直跑，
一直跑。
被你踩过的海面，
一一浮起闪颤不已的晶晶亮点。
这些浮起的亮点，
是你在黎明海面奔跑的脚迹……
一直跑，
一直跑。
你勤快地奔跑，
使得如何无垠的大海也都有了尽头。

《哈 比》

你回身，
单手朝它由内而外短促地挥了几下掌，
意思清楚明白：“回去了，别再跟了。”
你不希望这条哈比干扰到你的水下摄影工作。
哈比似乎懂得你的手势，
停下来；
但又似乎不懂你的手势，
停在那，
没有离开。
它眼睛大大睁着，
还款款摇了两下尾鳍。

《獾 鲸》

就这燃眉瞬间，
你单手举出相机，
实时按下连拍快门。
应该说是让相机朝向獾鲸方位，
乱按乱拍一通。
面对船尖、面对你，
船前这头难得一见且好不容易转过头立起身子的獾鲸，
竟然戴着粉红色潜水镜，
咬着一根粉红色呼吸管，
一副可爱卡通造型但蠢毙了的模样。

《迷 航》

仿若孤舟迷航，
向晚时分，
你独自走在一条两边是海的细瘦海堤上。
前头夕阳西沉，
茫然不见尽头，
后头，
海堤崩塌，
早已一片昏黑。
两侧海浪说好似的，
一爪子一爪子，
轮流扑上堤面。

《海洋基金会》

这基金会不好大喜功，
没有迭床架屋的行政架构，
没有宣言，
没有上司，
没有下属，
平起平坐，
大家都平平大。
这海洋基金会没计划，
没活动，
没预算，
不开会，
所以不曾“议而不决，决而不行，行而无果”。
基金会单一宗旨，
简单明白：维持传统海域面积。

《阳光的海》

她深怀着光，
以不同深浅、不同盐度、
不同温度、不同流速和流向、
不同悬浮疏密，她重新诠释、
重新演绎自己和阳光共鸣的蓝色原料，
挥洒出大片淡蓝、清蓝、灰蓝、粉蓝、湛蓝、蔚蓝、绿蓝、
藕蓝、靛蓝、紫蓝、黝蓝和墨蓝。
她以母体的深邃和柔软，
允许光在她身上任意浮沉。

《睡 鱼》

钓组还未沉底，

似有似无，

钓竿传来一阵麻颤轻扯。

不确定是否鱼讯。

管他，

先扬竿试试再说。

竿头果然沉重，

确实是钩着了、钓着了什么鱼。

怪的是，

钓线那头不挣不动，

钓获物死沉沉地赖在钩上，

被钓线拖着走。

技术纯熟，

操竿谨慎，

钓获物很快被我引拉到礁台岸边……

《红 斑》

红斑狼鱼一入缸里，
当气泡散尽，
它晃了两下身，
舒展筋骨。
随后，
缓动漫游，
神采奕奕，
如领土巡游般，
绕游了缸体一周。
这缸子因它的加入而光芒散焕。
“果然王者之尊啊。”
这缸体，
这厅里，
因为它的加入而四壁生辉……

《铁 矿》

我在三米礁凹处，
率先网住一条全身鳞片如碎钻闪耀的“短尾晶钻鱼”。
我得意地正想举起抄网炫耀时，
一旁的师姐，
一阵气泡咕噜，
抢先举起她的抄网，
里头竟是一条如今已极为罕见，
身子完全透明，
但鱼刺骨头若镶在鱼身的一根根水晶棒柱，
一身晶莹剔透的“冰柱玉昌鱼”。

《平 衡》

一只缠黏一只，
魔鬼毡一样，
紧紧相互黏贴成蟹塔状架构。
当我手指头凌空作势挥向蟹塔，
它们机灵地也都纷纷伸出大钢牙般的钳夹，
往我指头挥过的方向，
咔嚓咔嚓咔嚓，
一阵清脆的空夹。
塔身因而摇摇欲坠，
如依序摆荡回旋的立体波浪舞。

《海 童》

许多年前，
每当天色将暗未暗的傍晚时分，
常见两只粉红身影，
自晚霞尽头潜游到村子岸边礁台旁的
河口处逗留。
它们俩游进河口，
以礁台为障，
在淡水浅滩上追逐、打滚，
激起片片水花。
两只粉红身影，
吱吱咔咔喳喳，
发出如小孩嬉戏的尖短音笑闹声……

《遗 传》

父亲曾对你说:“给你一艘船，赢过给你一尾鱼。”
渔船终究不能缺少渔获,
因而,
他父亲这天除了“渔船”交接外,
也在这天色将明未明之际,
又赶紧趁时趁热补了“鱼传”这象征仪式。
“渔船，愚传，鱼传”,
三样都在这天破晓时分,
昼夜翻转、春秋代谢、世代交替的海上,
举行了一场“遗传”仪式。

《海 人》

浮岛左方，
田亩四方，
一洼洼绿意序列铺陈，
显然一片迷你农园；
右方，
矮寮竹屋，
牛羊猪鸡处处，
是座小农场；
中央夹着两米碎石子路。
“一辈子海风、海浪，心里明白，我们都已上不了岸，回不了家。所以动念头，自己造岸，自己造岛，建造自己的家园，铺展个方寸，来寄托海人余生。”

《船 房》

你探头往窗外看，
房子是停在一处平坦的海阶地上。
若船只的话，
这就是搁浅了。
这时，
房主也探头窗外，
探看了一阵子后，
像是下达命令，
他说：“下锚，就这里了。”
你终于明白，
他的屋子是船房。
漂到哪，
住到哪。

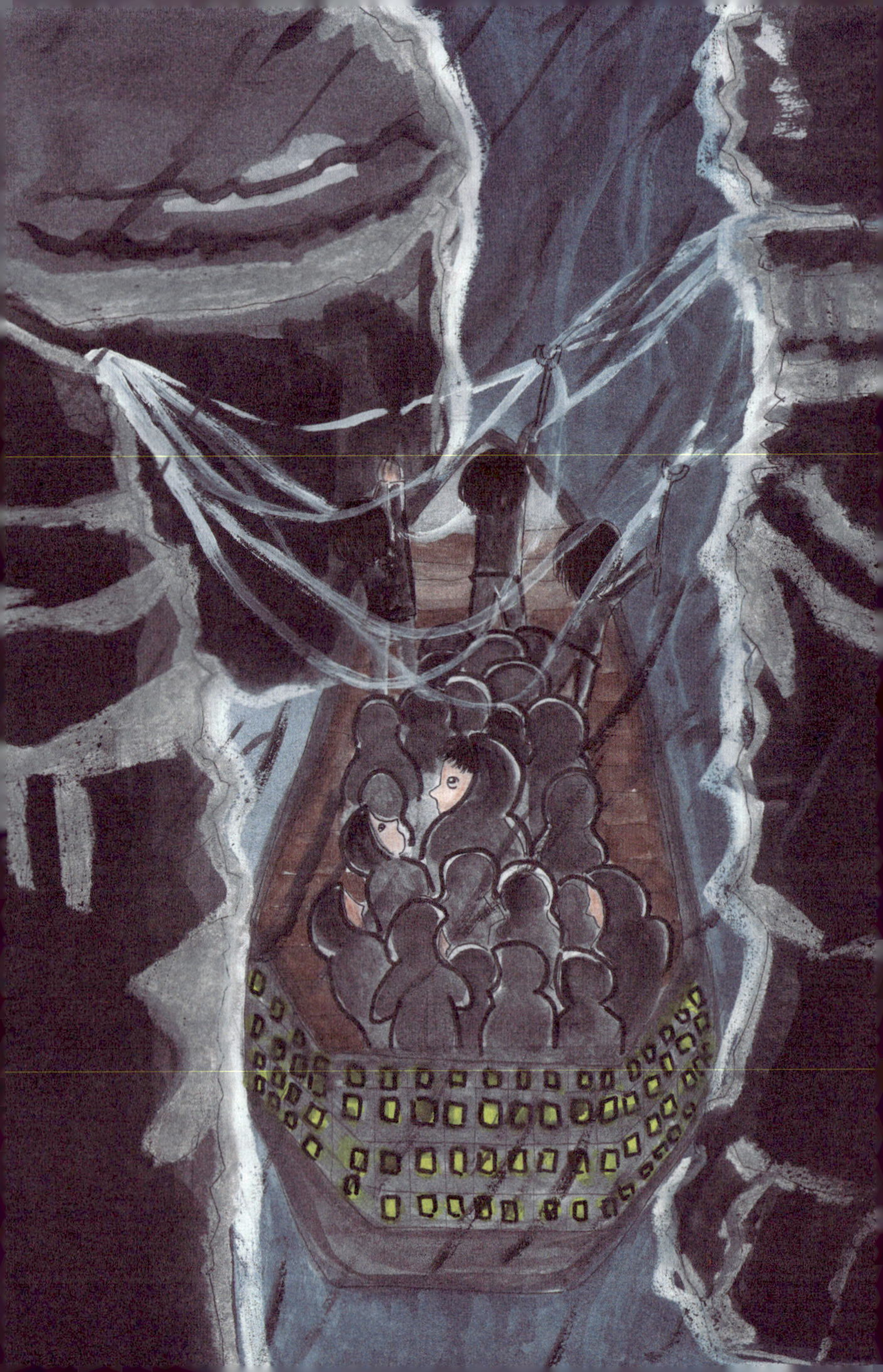

《航 程》

乘客们听命穿着救生衣，
如在演习，
依序且安静地上了露天甲板，
各自攀着船栏等待通过门闭海峡。
船只蹑手蹑脚，
小心翼翼地航进门闭海狭的窄迫处。
船身横宽仅略窄于海峡，
两岸峡壁耸峭竖立，
草木不生，
前翼船以其高超的性能和航技，
探步缓进……

《阮 及》

一条条阮及，

轮流被你们拉上甲板。

整片甲板，

全都是湿淋淋喷溅排水的阮及。

船长歇下钓竿，

回头整理渔获。

老船长动手将一条条失水后的阮及，

折迭衣物似的，

好几折，

鱼体折成约尺二方块，

然后一块迭一块，

八条（块）一迭，

阮及被整齐一致地堆栈在钓船甲板上。

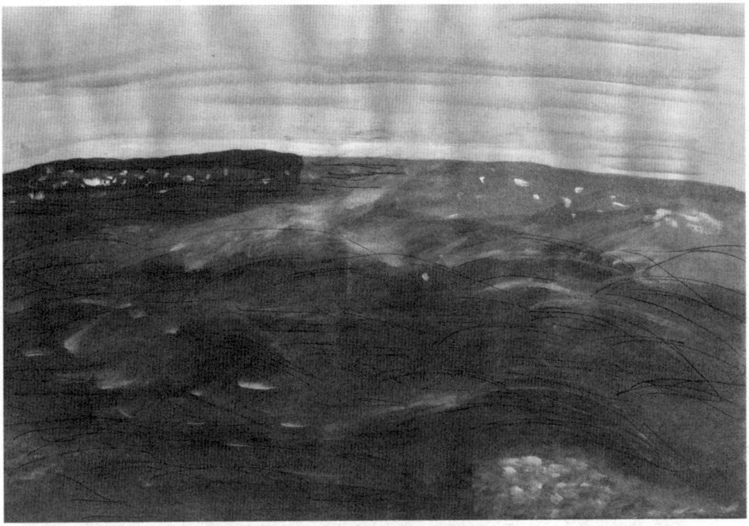

《起风的海》

这时节，
每褶浪涌在你的吹啸扫荡下，
一再堆聚，
而高耸，
而崩裂，
而坍颓，
她墨蓝身上满布你刨挖的白花坑凹，
一而再，
一而再，
不断高耸突涌成她体表一座座涌动不息的墨蓝山丘。
还不歇手，
你在空中吹紧哨子，
继续在她身上高刨深挖，
不停掀出急走海面的浪丝浪霭。

《归 属》

你一直以为，
每个人来自不同前世，
无人知晓的原因，
有缘相聚在今世。
前世来自天上的，
或可称为“天人”，
来自山里的就称“山人”，
来自大海的自然是“海人”，
来自鸟界的是“鸟人”，
穿梭阴阳来自彼岸的可称为“魍魉”或“小鬼”，
来自植物界的也称为“植物人”或“宅人”……

《季 鱼》

每一季都有你等着的鱼。
你等的这些鱼，
统称“季鱼”。
“春鱼”“夏鱼”“秋鱼”“冬鱼”，
随时序流转，
简单明白。
每个季节，
你就等这几种鱼。
合时的菜蔬甘甜，
合时的鱼种含油肉嫩，
“不食不时”，
等待季鱼的道理其实简单。

《分 享》

原来是过去在海上与你有过多次争执，
并在岸上处处与你为难的赖桑。
你偏了一下头，
发现赖桑将他的老旧小船，
也漆成与你新船同样的粉橘色。
你转头在他船边地上又发现，
大漆桶、一些木料、铁器工具等，
都十分眼熟。
这才恍然明白了，
他何以神态猥琐。

《虹 虾》

黎明微光下，
虹虾两根柱状眼，
挺得特别炯炯晶亮。
小心翼翼地，
你将两掌轻轻浸入水中，
并缓缓欺前，
朝虹虾伸过去。
没料到，
它竟然毫无警觉，
乖乖就手。
更意外地，
它在你渐渐紧缩的掌握中，
竟然认命般动也不动。

《重 症》

医疗团队慎重其事，
一早就来到岸上的手术室做术前准备。
当一切都准备妥当，
医疗团队们旋转手术室东南角落一扇亮晶晶不锈钢门上的一只圆盘旋栓。
咿呀一声，
钢门打开。
里头滔滔浪声。
医疗团队，
各自拉起衣摆，
陆续走进不锈钢门，
走进水里……

《分 手》

没出海的日子，
你和他都有独自沿海边散步的习惯。
走在陆地边缘，
为的是，
同时也感觉走在海洋边缘。
对比航海时如何也追不着的空虚海平线，
海岸线，
的确是一段实在可以依靠的地平线。
南来北往，
在这条在线踽踽独行的视野，
肯定不会错过走在海岸线上的任何孤独身影。

《沙 紫》

当紫光藻浮游来到的夜晚，
河口海域紫光眨闪……
若恰巧刮起强劲春阵风，
又适逢满月大潮，
紫光藻们将随着满溢的潮水铺上左岸沙滩。
一涌一退流荡间，
紫光藻们得把握这难得时机，
遇见另一半。
找到的话，
紫光藻将俩俩抱贴合体，
转眼间，
它们快速硅化结晶，
合成紫砂。

《冲 浪》

海豚个性顽皮好动，
特别喜欢冲浪游戏。
无论船头、船尾，
它们喜爱乘着船只搅推出的浪涌，
以身体为冲浪板，
冲滑在浪墙间。
“只要给海豚们一个约五十米标准游泳池长宽，
并具备人造浪功能的游戏池，
不用训练，
它们的本能，
肯定会主动在浪弧前缘玩起冲浪游戏。”

《聊 天》

你们直接走进浪头，
直接走进约半人高的卷浪区里。
还一边聊着，
一边走进浮着夕晖，
深度超过人身高的涌浪区里。
岸上有人看你们聊天聊到顾不了海陆差异，
开始讲闲话。
其实，
此时的你们，
仍然保持散步聊天姿态，
只是走进海面，
走在海湾海水底下，
继续散步聊天。

《明 星》

这天，
当王村长走过一堆割颈放血，
仍在滩上扭动颤抖的草海豚身边，
村长发现，
其中有只身长约两尺，
显然是出生不久的草海豚宝宝，
依偎陪在受难的母海豚身边。
村长弯下腰，
抓紧头尾，
将小海豚一把抓起，
并将这只草海豚宝宝高举过头，
仰天用力一声吆喝……

《造 船》

“驾驶人的眼将如獾鲸所见，
驾驶台上的他，
只要两脚使力，
便如獾鲸款款摆动尾鳍，
快速前行。
他只要两手平举蹬腿一跃，
整艘船将如獾鲸海面腾跃……”
“请问，对不起，请问，这艘船的功能和特色为何？”
“这艘船可快可慢，悠游自在。”

《大 浪》

几艘浮面贴水的管筏，
也有好几艘是船底埋在水下的尖底渔船，
它们都被浪流扯断了系岸绳缆，
一艘艘都半倾着身子，
斜挂在浪流斜墙上，
随湍湍涌流，
冲上、冲下，
不断地冲上、冲下。

《狼 鲨》

传说将有狼鲨出没，
岛上处处张灯结彩，
码头上张设了一座座辉煌祭坛。
其实岛上没人晓得狼鲨长什么模样，
也没人晓得这传说从何而来，
但口耳相传，
岛上大家都知道，
狼鲨出没，
将为这座海岛带来改变的机会；
也有类似这样的说法，
亲眼看见狼鲨的人，
好运道将一辈子跟随……

《海 岛》

海岛居民依海为生，
这座海岛东南角有“岛村”和“海村”两个
村子面海比邻。
代代相传，
岛村里住的全是卖鱼的渔贩，
海村里住的全是捕鱼的渔人。
卖鱼的不知道海上捕鱼的辛劳，
如同捕鱼的不晓得渔市卖鱼的辛苦，
村民们常为了鱼价高低起了争执……

《我的鱼》

每个人，
无形丝线牵连，
都有相对于海水里的某一条鱼。
就像每个人的命，
都与天上的某颗星互动相关。
时机，
引力，
因缘，
于是就有了海水里的某一条鱼，
一辈子牵着你，
帮你感触截然不同于陆地的另一片海洋世界。
偶尔，
会梦见这条我的鱼。

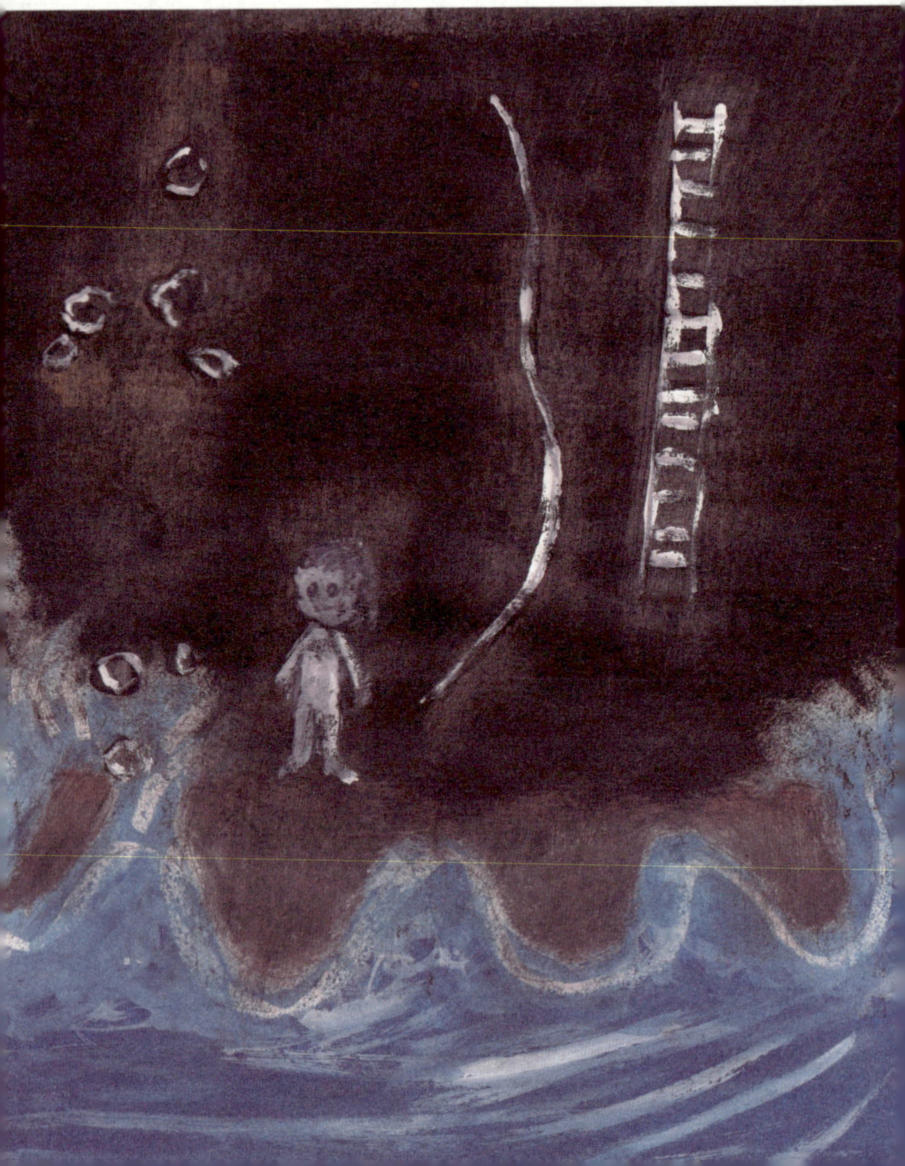

《海 阱》

你胡乱收拾了钓组、空渔篓和一肚子气，
败兴踏上归途。
岸边徘徊摸索了好一阵子，
凭空消失般，
如何也寻不着刚才下崖的小径。
初冬时节，
天暗得快，
天光紧迫，
你只好试着冒险攀爬崖壁边坡……

《鸡 鸣》

“人世里，阳光下，又如何躲藏自己？”
逃躲到人烟稀少的地方？
但立刻又想到，
人烟稀少处，
每个个体其实更加突显。
“当生命可以披上彩衣，
跃出平面，
在另个世界里翱翔，
就能逃躲在高层里神游。
拥有一件彩衣吧，
让念头闪耀、飞跃，
具备穿梭来去的能力，
就有了无尽逃躲的可能。”

图书在版编目（CIP）数据
海童：一本漂流的想象志／廖鸿基著；Olbee 插画. —北京：中国工人出版社，2018.8
ISBN 978-7-5008-7051-7
Ⅰ.①海… Ⅱ.①廖… ②O… Ⅲ.①散文集—中国—当代 Ⅳ.①I267
中国版本图书馆CIP数据核字（2018）第204008号

智识 | 趣味 | 无用之魅

著作权合同登记号：图字 01-2017-6913
本著作物简体版通过厦门理想国文化创意有限公司，由有鹿文化事业有限公司授权

海童：一本漂流的想象志

出 版 人　王娇萍
责任编辑　宋　杨
责任校对　董春娜
责任印制　黄　丽
出版发行　中国工人出版社
地　　址　北京市东城区鼓楼外大街45号　邮编：100120
网　　址　http://www.wp-china.com
电　　话　（010）62005043（总编室）（010）62005039（出版物流部）
　　　　　（010）62379038（社科文艺分社）
发行热线　（010）62005049　（010）62005042（传真）
经　　销　各地书店
印　　刷　三河市东方印刷有限公司
开　　本　787毫米×1092毫米　1/32
印　　张　8
字　　数　140千字
版　　次　2019年2月第1版　2019年2月第1次印刷
定　　价　46.00元